나는 하고픈 게 많은

교사입니다

일러두기
이 책에 등장하는 아이들의 신상 보호를 위해 이름은 모두 가명으로 표기했습니다.

나는 하고픈 게 많은

교사입니다

유경옥 지음

애플북스

차례

3
나의 마음을 다해 하는 일

4
나답게, 교사 생활

나는 오늘도 새로운 일을 꿈꾼다

한동안 일과 삶의 균형을 추구하는 워라밸(Work-Life Balance)이라는 단어가 열풍처럼 휩쓴 적이 있다. 장시간 노동 시간에 지쳐 있던 사람들은 워라밸을 지키며 살고 싶다고 목소리를 높였다. 일이 끝나면 저녁 있는 삶을 보내려고 나 또한 퇴근 후에는 절대로 일에 대한 생각을 하지 말아야지 다짐하기도 했었다. 집까지 일을 가져오면 그것은 내 삶의 밸런스를 지키지 못하는 것이라고 생각했다.

하지만 사회생활을 한 지 10년이 다 되어 가는 지금에서야 내게 필요한 것은 워라밸이 아니라 '워라블(Work-Life Blending)'임을 깨달았다. 일상에서도 일을 녹여내 부가적인 일을 창출하는, 일과 삶을 적절히 조화시키는 것 말이다. 길을 걷다가도 일에 대한 아이디어를 얻고, 일을 하면서도 그 일을 내 취미나 여가로 연결하는 것이 그저 즐겁다.

고등학교 교사인 나는 교사 생활에 더해 유튜브 채널을 운영하고 블로그에 꾸준히 글을 올리며 작가, 겸임교수 등도 병행하고 있다. 누군가는 도대체 몸이 몇 개냐, 편하게 지내면 좋지 않으냐며 걱정스레 이야기한다. 그것도 틀린 이야기는 아니다. 하지만 나는 항상 새로운 무언가를 갈망한다.

어릴 때부터 '새로움'이라는 단어를 좋아했다. 새로운 것을 할 때는 기분 좋은 긴장감과 설렘에 가슴이 두근거린다. 첫 사회생활, 학교 입학, 그리고 교단에서의 첫 시작이 그랬다. 하지만 영원히 새로운 것은 없기에 시간이 흐르면 그 생활에 적응하게 된다. 나는 무언가에 적응하여 익숙해지다가 결국 싫증을 느끼는 것이 두렵다. 그렇기에 더 최선을 다해 움직이려한다.

다행히 세상은 넓고 할 일은 많다. 이 세상엔 다양한 일이 있고 나를 표현할 수 있는 도구가 많다. 하나의 일을 했을 뿐인데 거기서 파생된 새로운 기회가 찾아오기도 한다. 심지어 수익이 창출되기도 하니, 좋아하는 일을 하며 돈을 벌 수도 있다.

직업이 무엇이든 간에 그를 통해 얻은 경험과 지식은 자신만의 노하우가 된다. 내가 교사였기에 학교생활을 하며 얻은 경험과 감정이 있었고, 그것을 이용해 학생들과 새로운 일을 도모해 본다거나, 교육과 관련된 여러 활동을 해나갈 수 있었다. 이미 많은 선생님이 다양한 활동을 하고 있지만, 나의 경험은 '나답게', '나만의 노하우'로 풀어 나갈 수 있기에 특별하다.

이 책을 집어 든 당신의 직업은 무엇인가? 당신이 어떤 일을 하든 분명한 건 본인만이 펼칠 수 있는 일이 이 세상에 존재한다는 것, 그리고 지금 할 수 있는 일을 열심히 하다 보면 금세 또 다른 기회가 찾아온다는 것이다. 이 책에는 여전히 하고픈 일이 많은 한 교사의 이야기가 담겨 있다. 그 여정과 방식이 이 책을 읽는 당신의 워라블에도 도움이 되기를 바란다.

1

나를

찾는 시간

퇴
사

10월 19일, 오늘은 회사 창립 기념일이다. 업무 마감 시간이 다가오자 객장 TV에 창립 기념식 영상이 라이브로 흘러나왔다. 이번 기념식에는 직원들이 팀을 짜서 직접 무대를 꾸민다고 한다. 치열한 오디션을 통과한 팀들이라 그 무대가 엄청 화려하단 소문이 돌았다. 그중 동기 언니가 참가한 팀이 있어 아침부터 메신저로 이야기 꽃을 피웠다. 선발된 팀들은 한 달 동안 연습실을 빌려 춤 연습에 매진했다. 지점 사람들은 모두 들떠 보였다. 그들은 객장에 앉아 아는 사람이라도 나오는지 눈을 크게 떴다.

객장을 마주한 자리에 혼자 앉아 업무를 보고 있었다. 일하는 사람을 앞에 두고 TV를 보는 게 민망한지 과장님, 주임님 할 것 없이 얼른 끝내고 와서 같이 공연을 보자고 부르셨다. 오늘따라 왜 이렇게 처리해야 할 일이 많은지 모르겠다. 겨우 업무를 끝내려는데 마감 직전에 부장님이 주요 고객의 서류 처리를 부탁하셨다. 부장님은 객장에 앉아서 미안한 듯 나를 힐끗 쳐다보았다. 나도 얼른 업무를 끝내고 싶었다. 너무 궁금했다. 객장에 나오는 저 방송 말고 얼마 전 지원한 대학 입학 서류 결과 발표가 말이다.

스무 살이었다. 롯데월드가 가까이 보이는 증권회사의 한 지점에서 텔러로 일했다. 출입문을 열면 가장 먼저 일어나 인사를 했다.

"어서 오세요, 고객님. 이쪽으로 앉으시겠어요?"

계좌 개설은 기본이고 입금, 출금, 주식 매매, 펀드 계약, 공모주 청약 등 고객들의 요청을 처리하며 하루하루를 보냈다. 업무 범위가 어찌나 넓은지, 몇 주간 연수를 받고 지점에 투입되었는데도 실수가 많았다. 어쩌다 상속 처리라도 하는 날이면 '동공 지진'을 숨길 수 없었다. 팀장님은 결국 내 자리 앞에 병아리 사진을 세워 두셨다. 병아리 사진 위에 신입사원이니 너그럽게 이해해 달라는 멘트가 적혀 있었는데, 너무 부끄러워 얼굴을 들기 힘들었다.

지점의 문이 열리고 닫힐 때마다 매서운 바람이 들어오는 날이었다. 유난히 고객이 없어 객장은 고요했다. 멍하니 출입문을 바라보다가 다시 일을 하려고 책상으로 시선을 돌리는데, 탁상 거울에 비친 내 얼굴과 마주쳤다. 그곳엔 스무 살을 벌써 반이나 보낸 직장인이 있었다. 정신없이 살다 보니 어느새 두 계절이 지나 버렸다. 가만히 주변을 둘러봤다. 다른 사람들도 계절이 바뀌는 줄도 모른 채 정신없이 살고 있을까?

퇴근길에 버스 요금을 내려고 카드를 댔는데 청소년 요금이라는 의미의 '띠딕' 소리가 났다. 스무 살이지만 생일이 12월이라 만 나이로는 아직 청소년이다. 뒤따라 들어오는 한 여학생도 같은 소리가 났다. 대학교 이름이 적힌 야구잠바를 입고 있는 걸로 보아 갓 대학에 입학한 친구인가 보다. 어색하게 세미 정장을 입은 나와는 분명히 대비되는 옷차림이었다. 갑자기 그 친구가 너무 부러웠다.

고등학교 3년 내내 대기업 취업을 희망했고 나름의 포부가 있었다. 또래보다 먼저 사회생활을 시작해서 경력을 쌓고, 돈도 많이 벌 생각이었다. 열심히 공부했고 자격증도 많이 취득했다. 3학년이 되자마자 삼성 계열 증권회사에 지원했고 최종 합격을 했다. 세상을 다 가진 듯 기뻤고 축하와 응원도 많이 받았다. 이 회사에 뿌리를 내리고 평생 헌신하며 살겠다고 다짐도 했다. 그런 내가 입사한 지 반년 만에 대학에 가고 싶다는 생각을 할 줄은 상상도 못한 일이었다. 고등학교 때 남들 다 보는 수능 한 번 안 본 것도, 성인이 돼서 대학에 못 가 본 것도 후회로 남을 것 같았다.

'대학'이 머릿속에 자리잡은 이후로는 자리에 앉아도, 우편물을 부치러 갈 때도, 거래처 은행을 갈 때도, 심지어 점심식사를 할 때도 온통 그 생각뿐이었다. 진학을 준비하는 친구들을 보면 대학에 들어가는 게 쉬운 일은 아닌 것 같았다. 나는 수능 공부를 한 번도 해보지 않았을뿐더러 마음껏 공부할 수 있는 경제적 여유가 있는 것도 아니었다. 무사히 합격한다고 해도 과연 퇴사하고 대학에 입학하는 게 바람직한 일인지 확신이 서지 않았다. 아마 대학을 졸업한다 해도 지금 같은 대기업에 다시 입사하기는 쉽지 않을 것이다. 불확실한 미래를 택할 바에 현재 생활에 만족하자고 마음을 다잡아 보기도 했다. 그런데 대학을 머릿속에서 지우려고 할 때마다 마음속 어딘가가 공허하고 답답해졌다. 어쩌면 마음에 미리 답을 정해 놓고 고민하고 있었는지도 모른다.

퇴근하고 집에 가면 컴퓨터로 여러 대학교 홈페이지를 접

속하는 게 일상이 됐다. 대학 입시 요강을 찾으려는데 어디서부터 어떻게 알아봐야 할지 막막했다. 고등학교 시절에 취업만 염두에 두고 자기소개서와 면접만 준비해 봤기 때문이었다. 그러다 수능을 치르지 않아도 되는 수시 전형을 발견했다. 입학사정관 전형이었다. 자기 자신을 추천해 포트폴리오를 만들고 1박 2일 면접을 하는 등의 과정을 거쳐 합격자를 선발하는 방식이었다. 이번 연도에는 수능 준비 대신 입학사정관 전형에 일단 도전해보는 것도 좋을 것 같았다. 서둘러 서류를 준비하기 시작했다. 대학생이 될 수 있다면 밤을 새우는 것은 일도 아니었다.

회사 일은 점점 익숙해졌고, 앞에 세워 둔 병아리 사진은 치워진 지 오래였다. 일부러 나를 찾아오는 단골 고객도 생겼고, 올 때마다 빵을 잔뜩 사서 갖다 주는 고객도 있었다. 업무에 큰 어려움이 없다 보니 그냥 대학이고 뭐고 지금처럼 사는 것도 괜찮을 것 같았다. 아마 불합격을 하더라도 타격을 받지 않게 마음을 정리하고 있었는지도 모른다. 하지만 하루가 다르게 회사 일이 익숙해지면, 나중엔 대학 준비를 엄두조차 내지 않을 것 같았다. 역시 최선을 다하는 게 좋겠다고 생각했다.

서울 소재 4년제 대학교 경영학과 세 곳을 선택해서 준비했다. 가장 입학하고 싶은 학교 서류를 먼저 준비했는데, 한 곳에 최선을 다하다 보니 다른 학교는 끝내 입학 원서 접수 기한을 넘겨버렸다. 연차까지 써가며 우체국에 달려갔지만 간발의 차이로 우체국 문이 닫혔다. 닫힌 문 앞에서 고개를 떨구며 돌아서는데 눈물이 흘렀다. 간절함이 부족한 거였다고 스스로를 책망했다.

그렇게 창립 기념일, 아니 대학 서류 발표일인 10월 19일이 되었다. 대학교에서 1차 합격자 발표 게시글을 올린 건 오전 10시인데, 업무에 지장을 줄까 봐 열어 보지 못하고 있었다. 그날따라 업무가 많아 오후 5시가 넘어서야 게시글을 눌렀다. 동기가 무대에 오를 때쯤이었다. 떨리는 손으로 수험번호를 입력했고, 결과 조회 버튼을 눌렀다.

결과는 합격이었다. 심장 두근거리는 소리가 한참 동안 귀에 들렸다. 이미 얼굴은 시뻘게졌는데 다른 사람이 볼까 봐 아무렇지 않은 척하느라 혼났다. 마음속으로 환호성을 백만 번넘게 질렀다. 아직 서류 합격일 뿐이지만 최종 합격이라도 한것처럼 기뻤다.

인생은 정말 한 치 앞도 모른다. 대기업 입사만을 간절히 원했던 그 스무 살 직원은 당시만 해도 몰랐다. 5년 뒤에는 선생님이될 것이고, 학생들에게 이 이야기를 들려주리란 사실을 말이다.

운명적인 만남

　대학생이라서 좋았다. 대학생이 누리는 자유로움이 좋고 특권이 좋았다. 내 마음대로 강의 시간표를 계획할 수 있어서 좋았다. 긴 방학이 있고 실컷 놀아도 "한창 그럴 때"라는 말로 넘어갈 수 있어서 좋았다. 물론 제시간에 강의실에 들어가 출석을 해야 하고 중간고사와 기말고사에, 스펙 쌓을 걱정까지 바쁘기도 하지만 말이다. 대학 졸업 후엔 어디든 취업해야 한다는 폭풍전야 같은 긴장감마저 좋았다.

　대학생이라니, 생각만 해도 웃음이 났다. 스무 살부터 회사에서 일하다 보니 대학생이 얼마나 좋은지 더 잘 알았다. 매일 매일 하루가 끝나는 게 아쉬울 정도였다. 다시 돌아오지 않을

날들이라는 걸 잘 알기에 너무 소중했다.

대학생 신분인 이십 대 초반, 중반을 알찬 경험으로 채워야한다는 강박관념이 있었다. 대학생만 할 수 있는 아르바이트, 대외활동을 찾아서 하기 바빴다. 도서관에 틀어박혀 공부할수 있는 것도 이때밖에 없다며 밤새워 해보고, 늦도록 술 마신후 새벽에 집에 들어가 보기도 했다. 하루하루를 꾹꾹 눌러 담아 살면 먼 훗날 대학 시절을 그리움과 애틋함이 가득한 때로기억할 수 있겠지.

어느 날, 습관처럼 학교 홈페이지 게시판에 들어갔다. 얼마전에는 연탄 봉사단원을 모집한다 해서 바로 참여해 온몸을연탄가루로 범벅하고 돌아오기도 했다. 이번엔 어떤 재미있는활동이 있을까? 그 순간, 눈에 띄는 제목이 있었다.

20XX학년도 교직과정 이수 예정자 선발 일정 안내

벚꽃이 흩날리던 봄날이었다. 교직과정 이수 예정자를 선발한다는 공지가 올라왔고, 신청 대상은 현재 2학년인 학생이었다. 사범대학에 입학한 게 아니라 생각지도 못했던 일이었는데, 경영학과 학생도 신청할 수 있다고 했다. 대학 4년을 보낸뒤 사기업에 취업하는 것만 생각했던 나의 흥미를 돋우기에 충분한 소식이었다.

'교직 이수를 하면 교생 실습을 해 볼 수 있잖아?'

중학생 때 교생 선생님을 선망하며 바라보던 때를 잊을 수 없다. 정말이지 아름다운 어른을 보는 것 같았다. 학급에서 서기 역할을 맡는 것을 좋아했고, 쉬는 시간이면 교실 앞 칠판에 나가 분필로 낙서하는 게 내 일상이었다. 유난히 선생님의 말투와 행동을 흉내 내며 친구들을 웃기는 걸 좋아했던 학생이었다. 교단에 서 있는 선생님을 동경했고 교생 선생님을 좋아했다. 내가 그런 교생 선생님이 될 수 있다니, 대학생일 때만 해 볼 수 있는 알찬 경험에 딱 부합했다. 오직 교생 실습만을 바라보고 교직과정을 이수하기로 결심했다.

교직 이수는 해당 학과에서 10퍼센트 정도만 합격할 수 있었다. 경영학과는 학생 수가 워낙 많고 교직 이수 자체가 생소해서인지 큰 경쟁 없이 합격할 수 있었다. 하지만 교직 이수를 시작하고 나서가 문제였다. 다른 과에서는 공부를 잘하는 상위권 학생들만 모인 것이다. 시험 기간만 되면 공부머신이라도 된 듯 학구열에 불타오르는 친구들 사이에서 높은 학점을 얻기란 여간 어려운 게 아니었다. 전공 학점도 함께 챙겨야 해서 버거울 때가 많았다. 그래도 포기하고 싶지 않았다. 교생 실습은 아무래도 내 인생에 가장 특별한 경험일 것 같았기 때문이다.

어느덧 20대 초반의 대학생은 20대 중반의 4학년이 되었다. 이제는 대학생이라는 타이틀을 내려놓고 곧 취업을 해야 했다. 외면할 수 없는 현실에 마음이 점점 조급해졌다. 그 와중에 4월 한 달간은 교생 실습을 다녀와야 했다. 교직 이수 과정을 버틴 게 교생 실습 때문이었지만 바쁜 취업준비생이 한 달을 바쳐 그 실습에만 전념하는 것은 그리 좋은 계획 같지 않았다. 때마침 삼성에서 인턴을 채용한다기에 원서를 넣었고, 인적성 시험을 위해 필기 대비용 책을 구입했다. 도서관에 박혀 공부해도 모자란 시간이라 하는 수 없이 실습을 나가는 학교에 책을 챙겨 가기로 했다.

실습을 나간 학교는 여자고등학교였다. 교생 선생님마다 교과 선생님과 학급 선생님을 배정받아 그분들의 과목과 학급을 담당하는 시스템이었다. 첫 주는 교장, 교감 선생님, 그리고 각 부서의 부장 선생님들이 연수를 해주셨다. 그중 몇 분은 "교사가 되고 싶은 분 계신가요?" 하며 질문하셨다. 당연히 나는 손을 들지 않고 그저 주위에 손드는 분들을 바라볼 뿐이었다. 많은 선생님이 임용시험을 준비해 보라고 권유하셨는데 크게 와닿지 않았다. 선생님이 될 생각이 없으니 쉬는 시간이면 가방을 열어 주섬주섬 인적성 필기 대비 책을 꺼내 펼쳤다. 하지만 영 집중이 되지 않는 게 문제였다.

2주 차부터는 학생들을 마주하기 시작했다. 복도를 지나갈 때마다 아이들이 웅성웅성 댔다. 정장을 입은 교생 선생님들이 다 같이 지나가는 모습이 그들 입장에서는 엄청 생소했을 것이다. 혹시 내가 중학교 때 교생 선생님을 보던 시선과 비슷할지도 모르겠다는 생각에 미소를 지어 보였다. 조회와 종례에 들어갔다. 하루 이틀이 지나자 먼저 와서 인사하는 아이들이 생겼고, 급식실을 지나갈 때면 "저 선생님이 우리 반 교생 선생님"이라며 큰 소리로 호응하는 아이들도 생겨났다. 원래 관심받기를 좋아하는 타입이라 그런 분위기가 꽤나 즐거웠다. 약간 '연예인병'에 걸린 느낌이었다.

교과 준비는 생각보다 어려웠다. 혼자 공부하면 어렵지 않은 내용인데 가르치는 게 목적이다 보니 내용을 제대로 알고 있긴 한 건가 스스로를 계속 돌아봐야 했다. 수업 중 졸거나 자는 학생이 보이면 그 수업을 재미있게 이끌지 못한 내 탓이라며 스스로를 질타했다. 가장 힘든 건 뒤에 앉아 피드백해 주시는 교과 담당 선생님을 바라볼 때였다. 일부러 눈을 마주치지 않으려고 애썼으나 다른 곳을 보더라도 선생님의 매서운 눈빛이 느껴지는 듯했다.

담당 학급 학생들과는 매일같이 상담을 했다. 담임 선생님께서는 기존의 상담 기록지를 보여 주시며 상담 후 특이사항이 있는 학생은 알려 달라고 하셨다. 희망 학생만 받으려고 교실 앞 게시판에 공지를 붙였는데, 한 명도 빠짐없이 신청하는 바람에 점심시간이 상담으로 꽉 채워졌다. 후다닥 점심을 먹고 교생 실습실 복도에 책걸상을 따로 빼서 학생이 오길 기다렸다. 아이들과 한 명 한 명 눈을 마주치며 대화하는데 기분이 묘했다. 내가 뭐라도 되는 듯 나의 한마디에 감명을 받은 듯한 표정들이었다. 자꾸만 실제로 내가 이 학교의 선생님이라면 어떨까 상상하는 날이 늘어 갔다.

3주 차가 되면서부터 너무도 자연스럽게 필기 대비 책을 챙겨 가지 않았다. 학교의 선생님이라도 된 듯 녹아들어 버렸다. 이전 주에는 종례가 끝나고 교생 실습실로 돌아왔다면 이제는 누가 시키지 않아도 교실에 남아 청소 지도를 했다. 학생들이랑 함께 있는 게 즐거웠다. 체험학습이 있는 날에는 같이 참여하고 아이들과 사진도 많이 찍었다. 수업 준비는 여전히 어려웠지만 같은 수업을 다른 반에도 해 보며 점차 향상하는 걸 느꼈다. 3주 차가 끝날 무렵, 교과 담당 선생님께서 선생님을 해 볼 의향이 없는지 진지하게 물어보셨다. 내가 교단에 서게 될 것 같다는 예감이 든다며 도와주고 싶다는 말도 덧붙였다.

어느덧 실습의 마지막 날이 다가왔다. 한 달이 1년같이 느껴졌는데, 지루해서가 아니라 반대로 하루가 다르게 새로운 이벤트가 펼쳐졌기 때문이었다. 교생 선생님들도 나도 학생들한테 선물을 주고 싶은 마음이 맞아떨어져 귀여운 양말 세트를 같이 사기로 했다. 실습 마지막 날, 아이들 한 명 한 명에게 적은 편지와 양말 세트를 쇼핑백에 넣어 교실로 가져갔다. 교실 문을 열자 학생들이 파티를 준비해 기다리고 있었다. 아쉬움에 눈물을 흘리는 학생도 있었다. 케이크에 꽂힌 초를 불고 아이들을 바라보는데 눈앞이 흐려졌다. 왜 그렇게 눈물이 났는지 모르겠다.

실습이 끝나고 삼성 필기시험을 준비하기 위해 도서관에 갔다. 시험은 코앞으로 다가와 있었다. 시험 장소를 찾으려고 노트북을 켰는데 나도 모르게 교육청 홈페이지를 열어보고 있었다. 중등임용시험에서 몇 명을 선발할지가 적힌 글이 게시판에 올라와 있었다. 예상보다 뽑는 인원 수가 많은 걸 보고 이미 합격이라도 한 듯 가슴이 벅차올랐다.

끝내 삼성 필기시험은 보러 가지 않았다. 선생님이 되기로 했다. 대학에 가고 싶다는 간절함 이후 다시 한 번 느껴보는 뜨거움이었다.

출퇴근 해방일지

　출근하러 지하철역에 들어서면 많은 인파로 늘 북적인다. 열차를 눈앞에서 놓치고 출입구 맨 앞에 섰다. 얼마 있지 않아 내 뒤로 사람들이 줄을 빽빽이 섰고 방화행 열차가 들어왔다. 열차가 역에 서자마자 스크린도어 건너편으로 빈자리 하나가 눈에 들어왔다. 이게 웬 떡이냐, 문이 열리자마자 달리다시피 걸어가 그 자리에 앉았다. 오히려 이전 열차를 놓친 게 다행이었다. 행복감에 젖어 이어폰을 끼고 플레이리스트를 재생했다.

　얼마나 지났을까, 뭔가 잘못됐다는 느낌에 등골이 오싹했다. 언제 잠들었는지 모르겠지만 피곤한 느낌은 사라지고 없었다. 눈을 뜨기가 두려워 잠시 그대로 있다가 이내 현실을 마주하기로 마음을 가다듬었다. 불길한 예감은 역시 빗나가질 않았다. 너무 깊이 잠들어 버렸는지 내려야 할 정거장을 지나치고 만 것이다. 얼추 다섯 정거장은 지난 것 같았다.

'다시 반대편에서 오는 지하철을 타고 곧장 버스로 갈아타면 지각을 면할 수 있을지도 몰라.'

아침부터 학교 가는 길을 계산하느라 머릿속이 복잡했다.

교사 임용시험은 지역별로 교사를 선발한다. 지역별로 경쟁을 하다 보니 합격 커트라인도 제각각이다. 어려서부터 서울에 살았고 연고지도 서울에 다 있었다. 서울을 사랑하는 나였지만 임용시험을 앞둔 수험생이 되고 보니 '왜 나는 서울에서 태어났는가?' 하는 답이 없는 질문을 던지게 됐다. 서울은 임용시험의 경쟁이 극심한 지역이었다. 다른 지역에 원서를 내볼까도 고민했지만 본래 살던 집을 떠날 자신이 없었다. 결국 서울에서 임용시험을 치렀고, 감사하게도 합격을 했다.

그런데 웬걸, 합격의 기쁨도 잠시…… 발령 난 학교의 위치를 보는데 정신이 아득해졌다. 서울에 있는 학교이긴 하지만 집에서 거의 1시간 반 가까이 떨어진 곳에 있었다. 공립학교의 발령이란, 교육청이 정해 주는 학교라면 어디든 근무하겠다는 각오가 되어 있어야 했던 것이다. 아이러니하게도 다른 친구는 경기도 지역에 지원해 합격했는데 오히려 우리 집과 30분도 걸리지 않는 위치로 발령받았다. 수험생 시절에는 합격만 하면 세상을 다 얻을 것 같았는데 인간의 간사함이란, 앞으로 5년을 어떻게 버티며 살아야 할지 막막해질 뿐이었다.

  비행기가 유난히 잘 보였던 첫 학교의 이야기이다. 학교 옆으로 비행기가 지나갈 때면 수업을 하다가도 학생들의 목소리가 들리지 않았다. 심지어는 비행기가 운동장에 큰 그림자를 만들어 내기도 했는데, 고개를 들어 하늘을 쳐다보면 비행기 날개에 있는 항공사 이름이 선명히 보였다. 내가 사는 곳에선 하늘에 비행기가 지나갈 때면 진귀한 광경이라도 본 듯 모두가 하늘을 쳐다보며 신기해한다. 그런데 학교 근처 주민들은 비행기가 지나가도 본인이 하던 일을 묵묵히 할 뿐이었다.
  출근 시간은 8시 20분이었다. 매일 아침 7시가 되기도 전에 집을 나와 열심히 달린다. 조금만 서두르면 될 텐데 아침잠이 많은 편이라 매일같이 지하철 시간에 맞춰 달리기를 했다. 머리를 감은 후 급히 뛰어나오는 바람에 물이 뚝뚝 흐르는 상태로 지하철에 타기 일쑤였다. 그럴 땐 집과 학교가 멀어서 다행이었다. 이런 초췌한 몰골을 본 학생은 없었으니까. 그렇게 지하철을 타고 지하 세계에서 1시간을 버티면 드디어 지상으로 나가 세상을 볼 수 있었다. 하지만 또다시 버스에 몸을 실어야 했고, 학교에 도착하면 기진맥진이었다. 자가용으로 출근해 보려고 시도해 보았지만, 서울을 가로질러 가다 보니 대중교통과 시간이 거의 비슷하게 소요됐다. 퇴근길은 운이 좋지 않으면 3시간 가까이 걸릴 때도 있었다. 새삼스럽지만 서울은 참 넓었다.

동기 선생님은 상황이 더 심각했다. 집이 학교 반대편 종점 근처였다. 퇴근을 같이 하는 날이면 지하철에서 굿바이 인사를 한 후 나보다 20~30분은 더 가야 집 근처 정거장에 도착한다고 했다. 남의 불행을 보고 안도하면 안 되는데, 새벽 요금을 내가며 2시간 걸려 출근하는 선생님을 보니 내 상황은 그나마 나은 거였다. 다만 이 선생님은 출퇴근 모두 지하철 자리에 앉아서 오갈 수 있었다. 나는 퇴근길 지하철을 탈 때는 쉽게 앉을 수 있었지만, 출근길은 눈치 싸움에 성공해야만 몇 정거장 뒤 앉을 수 있었다. 어느 역, 어느 칸에서 사람이 많이 내리고 타는지, 어떤 사람이 곧 내릴 것 같은 표정을 하고 있는지까지, 첫 출근 후 한 달도 되지 않아 지하철계 자리 사수 달인이 되었다.

지하철에 앉기만 한다면 할 수 있는 일은 무궁무진하다. 일단 모자란 잠을 보충할 수 있다. 학교 일이 많다면 지하철에서 미리 할 수도 있고, 남은 일을 집에 가면서 해결할 수도 있다.

꽤 집중이 잘된다는 것도 신기하다. 마치 지하철이라는 독서실에서 사람들의 움직이는 소리가 백색소음으로 작용하는 것과 같다. 지하철 안에서의 1시간을 잘 보내기 위해 보조 배터리는 필수이다. 지하철 타기 전 여행에 대비한 화장실 들르기, 30곡 이상 플레이리스트 준비하기 등 사전 준비 사항이 많다.

출근길 지하철을 타자마자 자리에 앉는 횡재를 한 그날, 오히려 출근 시간에 겨우 맞춰 도착했다. 지각할까 봐 뛰는 학생과 같이 뛰며 교문을 통과하는 선생님이라니. 학교는 왜 항상 언덕 위에 있는지는 학생일 때나 선생님이 되어서나 궁금할 따름이다. 그래도 다행인 게 교무실이 교문과 가까이에 있어 지각은 면했다. 아마 같이 뛰던 학생은 교실까지 뛰어가더라도 지각을 면하긴 힘들었을 것이다. 자리에 앉아 호흡을 가다듬고 있는데 비행기 소리가 시끄럽게 들렸다. 이제야 학교에 도착한 게 실감이 났다.

'아침부터 공항은 바쁘네.'

비행기 소리가 유난히 많이 들리는 1교시 수업 시간이었다. 수업을 마친 후 교실 문을 나서려는데 맨 뒤에 앉은 한 학생이 보였다. 고개를 왼쪽으로 돌려 창문을 뚫어지게 보고 있기에 같은 시선으로 창밖을 봤지만 아무것도 없었다.

"선생님 지금이에요!"

학생은 내가 쳐다보고 있었다는 걸 아는 듯이 갑자기 소리치더니, 들뜬 표정으로 착륙하는 비행기를 가리켰다. 학생은 학교에서 볼 수 있는 비행기의 이착륙 시간을 파악해서 그때마다 비행기를 기다린다고 했다. 자기가 사는 동네에선 비행기를 보기 어려운데 학교에 오면 비행기를 볼 수 있어서 좋다고 했다. 출근해서 듣는 비행기 소리를 시끄럽다고만 생각한 선생님보다 어른스러웠다.

비행기도, 출퇴근길도 다 생각하기 나름이다. 언젠가 교사를 필요로 하는 수요가 많아지기를 간절히 바랐던 시기가 있었다. 어느 학교든 교사를 많이 원해서 임용시험으로 뽑는 선생님 수가 더 많아졌으면 좋겠다고 생각했다. 그래야 합격 가능성이 더 커지니까. 비록 거주지에서는 좀 멀지만, 이 학교가 교육청에 교사가 필요하다고 요청해 준 덕분에 임용시험이라는 기회가 생겼다. 내겐 고마운 학교다.

이 또한 지나가리라. 지하철 한 정거장 한 정거장 지나 출근하다 보니, 근무 기간을 모두 채우는 날도 왔다. 출퇴근이 버거웠는데도 5년을 꽉 채워 근무한 그 세월에 큰 자부심을 느낀다.

첫 학교는 집에서 멀다고 참 많이도 툴툴댔고, 지금 와서 다시 출근하라면 고개를 절레절레 저을 테지만 신기하게도 그립고 애틋한 기억으로 가득하다. 거리가 멀어 쉽게 갈 일이 없는 동네여선지 머나먼 고향처럼 느껴지기도 한다.

이후 집과 비교적 가까운 곳에 발령을 받아 근무하니까 삶의 질이 상당히 높아지긴 했다. 하지만 자가용으로 출근하는 지금은 오히려 학교 근처에 무엇이 있는지 알 틈이 없다. 그러고 보면 서울을 가로지르는 한 노선의 지하철역 이름을 거의 외운다며 자랑하던 과거도 나름의 재미가 있었다. 전혀 모르는 동네지만 버스를 타지 않고 지하철역이 보일 때까지 걸어가 보겠다는 패기를 부렸던 일도 있다. 가끔 과거의 내 모습과 지하철 풍경이 한 장의 사진처럼 머릿속에 떠오를 때면 피식 하고 웃게 된다.

그렇다면, 혹시 지금의 힘듦도 결국 나중에는 그리워질 수 있을까. 웃으며 돌아볼 날이 올까. 오늘의 이 하루가 추억이 될 수도 있지 않을까. 역시, 이 또한 지나가리라.

시
간
표

신규 교사 시절, 학교를 처음으로 마주하는 신입생처럼 학교의 모든 것이 어색하기만 했다. 인간은 적응의 동물이라는데, 일주일이 지나도록 복도도 운동장도 교무실도 쭈뼛거리며 걸어 다녔다. '선생님'이라는 호칭도 교무실 내 자리도 마냥 남의 것 같던 날들이었는데 책상에 놓인 종이 한 장이 어색함을 사르르 녹였다. A4용지를 4등분 해서 자른 듯 손바닥만 한 크기의 종이에 '교사 시간표'라는 제목이 적혀 있었다. 그 아래 내 이름 석 자가 보였다. 새삼 이제야 이 학교의 선생님이 되었다는 게 실감이 났다.

곧이어 교무실 여기저기서 '띠딩' 하는 알림 소리가 울렸다.

누군가가 선생님 모두에게 전체 메시지를 보낸 것이다. 노트북 화면을 켜고 재빠르게 비밀번호를 입력했다. 메신저는 새 메시지가 왔다며 반짝이고 있었다. 전체 시간표가 완성되었다는 메시지와 함께 첨부파일이 여러 개 도착했다. 이내 교무실 한편에서 시간표를 짜느라 고생한 선생님의 개운한 숨소리가 들렸다. 그간 전체 시간표를 조율하느라 진을 다 빼셨기 때문이겠지. 이제부터는 이 시간표를 바탕으로 모든 선생님과 학생이 일과를 보내게 된다. 월요일부터 금요일, 1교시부터 7교시까지 견고하게 들어찬 시간표는 학교를 움직이게 하는 동력이나 다름없다.

시간표를 모두 다운로드해서 여러 장 프린트했다. 멀리 교감 선생님이 B4용지로 인쇄한 전체 시간표를 교무실 여기저기에 붙이고 있었다. 역시 시간표는 여러 장 프린트해서 여기저기 붙이는 게 제맛이다. 나도 시간표를 붙여 놓아야 할 것 같은 온갖 물품을 꺼냈다. 수업 중 진도 확인이 필요할 테니 교과서 표지에 일단 붙이고, 수업 연구 중에 시간표가 궁금할 수 있으니 지도서에도 한 장 붙였다. 업무 중에 일과 조정을 위해 필요할 수 있으니 교무수첩에도 붙였다. 교무실 책상, 파티션에도 시간표를 잘라 붙이고 보니 이쯤 되면 그냥 시간표를 붙이고 싶어 핑계를 찾은 느낌이다. 심지어 핸드폰을 열어 시간표

사진도 찍어 두었다. 핸드폰 바탕화면으로 저장해 두면 멋있지 않을까 싶었지만 좀 오버하는 것 같아서 그만뒀다.

평상시 1학년 1반, 2반, 3반은 그저 복도를 지나갈 때 배경처럼 존재하는 교실이다. 하지만 그 교실이 내 시간표에 들어오는 순간 의미가 달라진다. 시간표에 따라 해당 요일, 교시에 들어가면 그 순간과 장소는 온전히 나와 학생들만의 소중한 공간이 된다. 이번 학기는 두 개 과목을 맡았고, 학년도 두 개 학년이다. 형광펜을 들어 공통된 항목은 같은 색으로 슥슥 칠했다. 이 학교에서 이 학년, 그리고 이 과목으로 만나게 된 특별한 인연들이다. 나만의 시간표가 생긴다는 건 이렇게 어깨가 들썩이는 일이다.

수업 종이 울렸다. 이제 교실에 가야 할 시간이다. 시간표에 있는 학반 숫자만 봐도 그 교실의 이미지가 머릿속에 그려진다. 그 시각, 교실의 학생들도 내 수업에 대한 이미지를 머릿속으로 그리고 있을 것이다. 서로가 서로를 어떻게 생각하고 있을까, 혹시 동상이몽은 아닐까.

"선생님 안녕하세요!"

수업 종이 쳤는데도 복도에 있던 학생들은 그제야 꾸벅 인사를 하고 교실로 급히 달려갔다. 복도에서 수업이 겹치는 학생이라도 만나면 선생님이 더 빨리 들어갈 거라며 괜히 뛰는 척을 해 본다. 그럴 수 없다며 서둘러 앞서가는 학생의 모습이 그렇게 귀여울 수가 없다. 이렇게 아이들과 아웅다웅하며 교실로 가는 길에서 이미 수업은 시작된 거나 마찬가지다.

교실 앞에 섰다. 앞문을 열기 전 잠시 걸음을 멈추고, 오늘은 어떻게 인사를 건네 볼까 고민한다. 매일 들어가는 교실인데도 시작은 늘 어렵다. 시간표가 고정되어 있어 따분할 것도 같은데 수업을 할 때마다 교실에서는 매번 새로운 이야기가 펼쳐지니 심심할 틈이 없다. 지난번에 힘들게 수업을 마친 교실은 다음에 들어갈 때도 발걸음이 무겁다. 그럴 때면 그 마음을 들키지 않기 위해 더욱 밝은 목소리로 인사하며 수업을 연다. 힘든 시작이 무색하게도 막상 수업을 시작하면 괜찮다. 마치 절친한 친구와 싸우고 화해한 것처럼 선생님과 학생 사이가 더욱 두터워진다. 그렇게 웃기도 하고 토라지기도 하며 한 학기, 한 학년을 보내고 나면 선생님과 학생 사이는 단순히 시간표가 맞아 만나는 사이라고 표현하기 어려울 정도로 관계가 깊어진다.

사실은 시간표에서 유심히 살펴보는 요소는 따로 있다. 어떤 교실에 수업을 들어가는지 아는 것도 중요하지만 그만큼, 아니 그보다 더 중요한 건 4교시의 여부다. 4교시가 있는지 없는지에 따라 무려 급식 먹는 시간이 달라진다. 4교시가 없으면 3교시가 끝나자마자 급식실에 달려가 따끈따끈한 급식을 먹을 수 있다. 4교시가 있으면 학생들의 점심시간에 맞춰 급식을 먹다 보니 밥 먹는 시간이 1시간가량 늦어진다. 아무래도 급식은 한적한 4교시에 먹는 게 최고다. 급식을 유난히 사랑해서 생긴 습관이라고 해야 할까, 시간표를 받자마자 4교시가 있는 날과 없는 날부터 확인해 두는 편이다.

선생님도 학생들과 별반 다르지 않다. 닭다리 오븐 구이라도 나오는 날이면 아침부터 설렘이 가득하다. 출근길에 급식 메뉴를 확인하자마자 오늘이 무슨 요일인지 시간표를 머릿속으로 떠올려 본다. 그런데 꼭 맛있는 음식이 나오는 날은 4교시가 있다. 아무래도 좋다. 급식을 늦게 먹는다면 그만큼 설렘의 시간을 더 길게 느낄 수 있다는 거니까. 학생들과 급식 먹는 시간이 같으니까 급식실에서 인사하는 재미도 느낄 수 있다. 4교시 수업을 하는 교실에서는 곧 시작될 급식 이야기를 하며 배고픔을 달래 주기도 한다. 이런 날에는 급식실에 가기 전 교무실에서 꼭 듣는 이야기가 있다. 먼저 식사하신 분의 급식 예고편이다.

"이제 식사해요? 오늘 급식 맛있으니까 얼른 가서 들어요. 아 참, 양념장은 조금만 넣어서 먹는 게 맛있어요."

선생님들의 먹방 팁을 잔뜩 얻고 나서 급식실로 간다. 급식실 입구는 순서를 기다리는 학생 줄이 길다. 왁자지껄 떠들다가 눈이 마주치면 인사를 하는데 목소리가 그렇게 우렁찰 수가 없다. 음식의 힘이 대단한 게, 교실에서 본 적 없는 행복한 얼굴들을 하고 있다.

　　급식실 안쪽에 선생님 전용 급식 공간이 따로 있다. 서둘러 온다고 왔는데 이미 줄이 긴 걸 보니 선생님들 모두 4교시까지 하시느라 출출했던 모양이다. 식판을 든 선생님들은 학생들만큼이나 신이 나 있었다. 급식을 사랑하는 건 선생님이나 학생이나 매한가지다. 시간표가 4교시로 정해 준 급식메이트들이 오순도순 모여 자리를 잡고 앉았다. 수업 때 있었던 이야기, 학생 이야기, 사는 이야기를 나누며 식사를 시작한다. 이야기꽃을 피우는 건 음식을 먹는 것만큼이나 즐거운 일이다. 급식 잘 먹었으니 남은 일과는 밥심으로 버텨 보는 거다. 다음 시간표는 어떻게 될까.

화이트데이

또각또각 구두 소리를 내며 복도 끝에 있는 2학년 교실로 들어갔다. 이제부터 1년간 하루의 시작과 끝을 함께할 우리 반이다. 개학 전 2월, 전체 선생님이 참여한 신학기 연수에서 반 배정을 받았다. 아직 시스템상으로 넘겨받은 자료가 없어서 손에 들고 있는 건 출석번호 순으로 나열된 우리 반 아이들의 이름뿐이었다. 작년에도 이 학교에 근무하긴 했지만 가르치는 학년이 달라 얼굴을 아는 학생이 한 명도 없었다.

평상시에는 학교용 슬리퍼를 구비해 신고 다니지만, 학생들과의 첫만남인 만큼 좀 더 신경 쓰고 싶어 구두를 신고 교실에 들어갔다. 화장 지우기가 번거로워서 마스카라도 하지 않는 편인데 눈썹도 한 올 한 올 올리고 출근했다. 사실 선생님도 학생들에게 잘 보이고 싶어 한다는 걸 그들도 알려나 모르겠다.

학교에서의 3월은 마치 1년 같은 시간이다. 새 학기, 새 학년이 시작되니 긴장은 되는데, 바로 직전까지 겨울잠을 잔 듯 몸은 경직되어 있다. 겨우 익숙해진 학생들과 헤어지고 새로운 학생들과 만나는 게 매년 부담스러운 것도 사실이다. 그 와중에 다행인지 어색함을 느낄 새도 없이 3월에는 선생님도 학생도 할 일이 무척 많다. 출근하고 보면 메신저에 새 메시지가 10건 이상 쌓여 있는 건 기본이다. 학급함도 칸이 부족할 정도로 서류들로 꽉 차 있다. 요즘은 온라인 애플리케이션으로 가정통신문이 오가는 경우가 많은데, 학기 초에는 그렇지도 않다. 뭐 이렇게 조사할 게 많은지 기초 조사서, 급식 희망 조사서 등 학생이 써야 할 가정통신문부터 특별구역 청소 당번 정하기, 학급별 정보부장 선출 등 안내문까지 잔뜩이다.

정신없는 학기 초지만 꼭 챙기는 것이 있다. 3월 둘째 주가 되면 퇴근길에 집 근처 마트에 들러 사탕과 초콜릿을 종류별로 산다. 학생들에게 선물할 간식거리이다 보니 요즘은 어떤 종류가 인기가 많은지 자료를 찾아보며 고르느라 시간이 꽤 걸렸다. 어린 시절 집에 어른들이 놀러 오면 과자 선물 꾸러미나 사랑방 사탕을 선물 받고는 기분 좋아했던 기억이 있다. 이젠 내가 어른이니까 학생들에게 간식 선물을 주고자 한다. 마트 바구니에 간식거리를 잔뜩 담다 보니 괜히 내 입꼬리가 올라 갔다.

　마트에서 나와 근처 문구점에서 포장지와 리본을 마저 구 입하고서야 집에 도착했다. 이제 곧 3월 14일, 화이트데이다. 이날에 맞춰 우리 반 학생들에게 간식 꾸러미를 선물할 계획 이었다. 간식 꾸러미를 만들기 위한 재료는 완벽하게 구비되어 있었다. 우리 집에는 이런 이벤트를 대비해 코팅기까지 세팅되 어 있다. 컴퓨터를 켜 간단한 메시지를 적었다.

　'우리 반의 화이트데이는 따뜻하길. 담임 쌤이.'

　사탕을 바닥에 다 부어 놓고 포장지에 종류별로 하나씩 넣 었다. 꽤 그럴싸한 꾸러미가 한 세트 만들어지면 리본으로 묶 은 후, 코팅해 둔 쪽지를 그 위에 단단히 붙였다. 간식을 넉넉 하게 샀으니 남은 건 수업할 때 활용하면 된다.

　화이트데이 전날, 종례를 끝내고 교무실에 앉아 대기했다. 책상 밑에는 간식 꾸러미가 잔뜩 들어 있는 쇼핑백이 있었다. 학생들이 모두 하교했을 즈음 쇼핑백을 들고 조심조심 자리에 서 일어나 007 작전을 수행하듯 복도를 걸었다. 아무렇지 않게 걸으면서 앞, 옆, 뒤까지 다 살펴보는 게 작전의 포인트다. 다행히 마주친 학생은 한 명도 없었고, 교실 문을 열어 잠입하는 것까지 성공이다. 교탁 위에 쇼핑백을 올려 두고 빈 책상에 선물을 하나씩 올려놓았다. 자리에 앉아 있던 우리 반 학생들의 얼굴을 한 명 한 명 떠올리면서. 아직은 번호 순서대로 앉아 있는데 자리를 섞기 전에 얼른 얼굴과 이름을 익혀야겠다.

책상 위에 간식 선물을 다 두고 교탁에 서서 보니 가슴이 다 벅찼다. 우리 아이들이 등교하자마자 책상 위에 놓인 간식을 보면 얼마나 좋아할까. 내일은 부디 결석생이 없었으면 하고 바랐다. 조회 시간에 다 같이 단체사진을 찍자고 이야기해 볼까? 기분 좋은 긴장감이 머릿속을 가득 채웠다. 앞으로 이 교실에서 달달한 일뿐 아니라 쓰디쓴 일도 많을 것이다. 쓴맛을 보면 당장은 당황스럽더라도 결국은 기분 좋아지는 다크 초콜릿처럼, 결국은 함께 이겨 낼 수 있는 1년을 보낼 수 있기를.

수학여행

KTX를 타기 위해서 선생님과 2학년 학생들 모두 영등포역에 모였다. 모인 시각은 아침 7시 30분인데, 원래 등교 시간이 8시 20분인 걸 고려하면 거의 1시간 일찍 모여야 했다. 그 시간이 아니면 너무 지체된다는 이유로 정한 시간이었다. 수학여행 일정을 확정해 가정통신문을 발송하기 전, 2학년 담임 선생님들이 학년부 교무실에 모여 회의를 했다. 일정표를 보자마자 집합 시간이 눈에 띄었다. 학교도 아니고 학교에서 30분 정도 더 걸리는 곳인데 7시 30분은 너무 이른 것 같았다. 우리 반에 지각할 만한 학생들 얼굴이 스쳐 지나갔다. 내가 너무 걱정하니까 옆에 계신 선생님이 웃으면서 말씀하셨다.

"수학여행이라고 신나서 선생님보다 일찍 올걸요. 혹시 늦는 아이 있으면 열차표 변경해서 제가 데리고 갈 테니 너무 걱정 마세요."

수학여행 당일이 되어 영등포역에 도착하니 우리 반 아이들이 빠짐없이 모여 있었다. 동료 선생님 말씀이 맞았다. 그나저나 이렇게 일찍 등교할 수 있으면서 그간 아슬아슬하게 학교에 왔다니…… 약간은 배신감이 들었다. 선생님의 백 마디 말보다 수학여행 한 번이 나은 듯했다. 아이들은 모두 사복을 입고 왔는데 다들 며칠 전부터 얼마나 고민했을지 눈에 선했다. 큼직한 옷을 걸친 아이들도 있었고 몸에 딱 붙는 옷을 입은 아이들도 보였다. 사복 입은 모습을 보니 이미지가 또 달라서 괜히 어색하기도 했다. 불편한 교복을 꼭 입어야 한다고 주장하는 편은 아니지만, 어느 정도는 통일된 옷을 입어야 학생들을 보는 시선에 편견이 덜할 수 있겠다는 생각이 들었다.

수학여행은 2박 3일간의 여정이었다. 선생님 입장이 되니 수학여행은 마냥 신나는 일만은 아니었다. 외부에서 학생들을 인솔하는 건 굉장히 긴장되는 일이다. 그런데 수학여행은 무려 24시간 내내 학생들을 돌봐야 했다. 그래서 재미를 찾기보단 성실히 업무를 해야 한다는 각오로 임했다. 수학여행을 떠나기 전 담임 선생님들은 학교 시스템에 초과근무 신청을 상신했다. 하루에 4시간씩, 시간당 약 만 원씩 인정이 되니까, 다음 달 월급엔 12만 원 정도 추가 입금될 것이다. 부디 무사히 다녀와서 영광의 수당을 만끽할 수 있기를 바랐다.

수학여행 내내 덥지도 춥지도 않았다. 날씨가 도와주니 모두가 더 신나서 움직였다. 그래도 수학여행 덕분에 평일 낮인데도 유명한 여행지를 돌아다닐 수 있어 좋았다. 학생들은 외부에 나오니까 학교에서보다 질서를 잘 지켰다. 가끔 어른들이 아이들한테 "어디에서 왔니?" 하고 물으면 "서울이요! 서울에 있는 고등학교요"라고 말하며 자세를 곧바르게 고치는 모습이었다. 자신이 학교의 얼굴, 혹은 지역의 얼굴이라고 생각하는 듯해 기특하기 그지없었다.

학생들은 반별로 줄지어 움직였고 선생님들은 학생들 중간중간에 껴서 걸었다. 첫째도 안전, 둘째도 안전이기에 선생님들은 걸으면서도 이탈자가 없는지 잘 살펴봐야 했다. 나는 우리 반 아이들 맨 뒤에 서서 아이들 한 번, 풍경 한 번 쳐다보며 걸었다. 바람이 시원하게 부는 언덕에 도달했는데, 약간 모래바람이 일어서 눈이 따가웠다. 가방에서 선글라스를 꺼내 멋있게 쓰고는 사색하는 어른처럼 걸었다. 사실은 다른 선생님들이 선글라스를 쓰길래 나도 자신감을 갖고 착용해 본 것이다.

학교에서는 선글라스는커녕 머리띠도 해 본 적이 없기에 뭔가 액세서리를 걸친다는 게 어색하기만 했다. 계속 걷고 있는데 앞에 있는 학생 무리가 갑자기 멈춰 섰다.

"선생님, 같이 사진 찍어요!"

학생 세 명이 같이 사진을 찍자며 다가왔다. 뒤쪽으로 풍차가 있었는데 정말 장관이었다. 사진을 찍으려고 포즈를 잡았다. 갑자기 "나도! 나도!" 하며 학생들이 더 몰려들었다. 멋있는 풍경이 있을 때마다 이런 일이 반복됐는데, 나중에 우리 반 채팅방에 올라온 사진들을 보니 죄다 대규모 인원이 담긴 사진밖에 없었다. 급히 달려와 사진을 찍는 아이들과 그 모습을 쳐다보며 웃는 내 모습, 어떻게든 사진 구도 안에 들어가려고 애쓰는 아이들, 그리고 저 멀리서 웃긴 포즈를 취하는 학생들까지, 사진만 봐도 그 순간으로 다시 돌아간 느낌이었다.

아이들을 지키겠다는 다짐으로 철저히 혼자 걸었던 건데, 학생들은 선생님이 외롭지 않도록 챙기고 있었다. 그래서 나도 아이들과 조금 더 가까이 붙어 걷기 시작했다. 평상시에도 아이들과 대화를 많이 한다고 자부했는데, 교외로 나와 걸으며 나누는 대화는 또 달랐다. 어떤 학생은 본인을 둘러싼 풍경을 보며 담담하게 자신의 고민거리를 털어놓기도 했다.

"학교 홍보물의 성공사례에 있는 선배들처럼 저도 좋은 곳에 취업하고 싶어요. 그런데 저는 아무래도 안 될 것 같아요."

성적이 낮은 편이긴 해도 왠지 뭘 해도 잘할 것 같은 학생이었다. 매번 밝은 표정으로 복도를 돌아다니던 친구였는데 이렇게 진중한 면도 있었다.

"세상이 변하고 있어. 이제 더 이상 진로계획을 물을 때 진학이나 취업 이렇게 두 종류로만 나눠서 표현하기도 어려워. 학교 책자에 성공사례라고 적혀 있지만 성공의 기준은 사람마다 다른 것 같아. 대기업에 취업하거나 입학 성적이 높은 대학교에 진학했다 해서 무조건 성공했다고 이야기할 수 있을까? 이미 넌 잘하고 있어. 너만의 장점으로, 너만의 성공을 찾아봐."

여행의 묘미는 내 마음속 저 안에 있는 이야기까지 찾아낼 수 있다는 게 아닐까? 나도 모르던 속마음을 학생과 나누고, 다시 한 번 내 교직관도 돌아보는 계기가 되었다. 이번 여행을 통해 그간 학생을 '성공사례', 혹은 '우수사례'로 분류해 알렸던 것이 과연 바람직한가에 대한 의문이 들었다. 학교생활을 열심히 해서 그 결과를 얻은 학생을 축하해야 하는 건 당연하다. 그리고 학교를 홍보하기 위해서 그런 내용을 담은 책자를 만드는 것도 이해한다. 하지만 전체 학생에 비해 너무나 소수 인원의 사례이다 보니 다수의 학생이 상처받을 수 있다는 점은 간과한 게 아닐까.

학생들이 묵을 숙소에 도착했다. 다들 얼굴이 싱글벙글했다. "수학여행에서 뭘 배우냐, 그냥 놀고 오는 거 아니냐" 하고 묻는 사람이 있다면, 그렇게 노는 것만으로도 배울 게 많다고 대답하고 싶다. 물론 나도 학생들과 노는 방법을 조금은 더 알게 된 것 같다. 우리가 사는 이 세상은 너무 빠르게 변해 간다. 아이들이 천천히 걸으면서 풍경을 볼 수 있기를, 그것의 아름다움을 느끼며 여행의 참된 맛을 아는 사람이 되길 바란다.

수학여행의 꽃은 숙소에서 보내는 밤이 아닐까? 학생들은 선생님 몰래 자는 척하고 밤새워 놀 작정일지도 모른다. 아이들은 선생님도 예전에 그들 같은 학생이었다는 사실을 간과한 듯했다. 눈치 없는 선생님으로 보일지라도 학생들이 무사히 숙면을 취할 수 있도록 감독했다. 학생들 방이 어느 정도 조용해졌다 싶을 때 선생님들이 모인 방으로 들어왔다. 평소에 교무실 위치가 달라 얼굴 보기 힘들었던 선생님들과 같이 잠을 잔다는 것도 수학여행의 두려움 중 하나였다. 심지어 화장기 없는 민얼굴을 공개해야 한다니 부담스럽지 않을 수 없었다.

편한 듯 편하지 않은 옷을 입고 선생님들이 둘러앉은 곳에 껴 앉았다. 같은 학년 담임을 맡았지만 정신없이 새 학기를 보내다 보니 말 한 마디 나눠 본 적이 없었다. 학생들과 대화할 때보다 더 긴장되는 마음으로 가만히 다른 선생님들의 이야기를 들었다. 학생 이야기, 수업 이야기만 하는데도 금세 즐거워졌다. 조금 더 시간이 흐르고 점점 이야기는 진지해졌다. 각자 어떤 교직 생활을 해왔는지, 어떤 어려움이 있는지 이야기했다. 완벽해 보이기만 했던 선생님들도 나름의 고민이 있었고 각자의 삶도 다양했다. 같은 학교 안에 있지만 전공도 다르고 교직관도 다 달라서 이야기는 지루할 틈이 없었다. 선생님들은 수업을 하도 많이 해서 그런지 이야기도 체계적이고 재미있게 풀어 나갔다. 나는 선생님들 중 나이가 어린 편이었는데, 선배 선생님들의 경험담을 들을 수 있어서 너무 소중한 밤이었다. 아낌없이 조언해 주시는 선생님들과 같은 학년 담임이라는 게 영광이었다. 교실에서 학생들이 이 선생님들께 배우는 것이 아마도 교과목 지식만은 아니었겠구나 싶었다.

둘째 날 밤에는 학생들이 오랫동안 준비한 장기자랑 시간이 있었고, 선생님들도 학생들의 방에서 밤늦도록 이야기를 도란도란 나눴다. 고맙게도 술을 가져온다거나 일탈을 하는 학생들은 거의 없었다. 있더라도 레크리에이션 담당 선생님과 우리 학교 선생님들이 돌아가며 불침번을 선 덕분에 금방 무마할 수 있었다.

떠나기 전에는 수학여행 날이 다가오는 게 걱정되기만 했는데, 막상 다녀와 보니 그 나름의 매력과 가치가 있었다. 아이들의 안전을 앞장서서 책임져야 한다는 부담 때문에 여전히 두려운 건 사실이다. 하지만 그것이 두렵다 하여, 혹은 영원히 잊으면 안 되는 가슴 아픈 사건들이 있었다 하여 아이들의 좋은 교육 기회를 줄일 수는 없다. 다만 수학여행 등 학교 체험 활동이 모두에게 안전한 방식으로 다가갈 수 있게 선생님도, 또 다른 어른들도 노력해야 하리라.

　　가끔씩 앨범에서 수학여행 사진을 들여다볼 때가 있다. 아이들의 소중한 기억 속에 함께 남아 있다는 것만으로도, 내가 더 나은 어른이 되어야 하는 이유가 아닐까.

바리스타

"주문할게요."

"아이스 아메리카노 연하게 맞죠? 바로 해드릴게요!"

급식을 먹고 나면 하루도 빠짐없이 들르는 단골 카페가 있다. 바리스타님은 이번에도 내가 뭘 주문할지 아는 눈치다.

학교 건물을 전체적으로 리모델링하면서 1층에 카페가 생겼다. 잠겨 있는 카페 문은 쉬는 시간마다 열리는데, 문을 여는 사람들 모두 교복 차림이다. 바리스타 동아리의 학생들이 순서를 정해 돌아가며 카페를 운영하는 것이다. 그들이 카페에 들어가 앞치마를 두르면 그 순간 학생이 아닌 바리스타가 된다.

카페는 식사를 마치고 온 선생님과 학생들로 가득하다. 메뉴판을 보고 주문하는 데 모든 메뉴가 무료다. 선생님은 메뉴에 제한이 없지만, 학생들은 커피 대신 아이스티만 주문할 수 있다. 진동벨이 따로 있는 게 아니라서 음료 주문을 했으면 본인 차례가 오기까지 귀를 활짝 열고 있어야 한다. 커피를 주문하면 나오는 데까지 시간이 적지 않게 걸려서 그사이 카페 풍경을 구경하곤 한다. 카페에는 테이블이 꽤 넉넉하게 놓여 있어서 선생님이든 학생이든 삼삼오오 짝을 지어 자리에 앉는다. 학생들은 책장에 있는 보드게임 도구를 가져와서 즐기기도 하고 책을 읽기도 한다. 주문하지 않고 카페에 있는 친구들이랑 게임을 하러 온 학생들도 보인다. 학교에서 학생들을 만날 수 있는 만남의 장을 세 곳 꼽으라 하면 교실, 교무실 그리고 이곳 카페다. 카페에 올 때마다 만나는 얼굴들이 있는데, 어쩌다 보이지 않으면 어디에서 어떻게 점심시간을 보내고 있는지 궁금할 정도다.

처음 카페를 열었을 때부터 나는 거의 매일같이 출석하는 중이다. 영업 첫날엔 선생님들이 커피 맛을 보고는 애매한 미소를 지으셨다. 나는 커피 맛을 영 모르는 사람이고 물을 잔뜩 넣은 아이스 아메리카노만 마시다 보니 적당히 괜찮았다. 돈을 쓰지 않아도 커피가 생기고 학생들도 연습할 기회가 되니 서로에게 좋은 일이다. 주로 테이크아웃으로 주문하는데, 카페에 잔뜩 구비된 유리잔에 커피를 따라 준다. 교무실로 가져가 마신 후에 헹궈서 카페 영업이 끝나기 전에만 돌려주면 된다.

바리스타 중 한 학생은 수업 시간엔 한마디도 하지 않았다. 묵묵히 수업을 듣기에 그저 조용한 학생이겠거니 생각했다. 여느 때와 같이 아이스 아메리카노를 주문하려고 하는데 그 학생이 수줍게 말을 걸어왔다. 라테아트를 배웠다며 즉석에서 제조해 주겠다는 것이다. 사실 우유를 넣은 라테를 마시면 속이 좋지 않아 마시지 않는 편인데, 학생이 먼저 내민 커피를 차마 거절할 수가 없었다. 예쁜 나무가 그려진 카페라테를 받아 그 자리에서 마셨는데 웬일인지 다 마시고도 속이 불편하지 않았다. 학생은 라테 영업을 성공적으로 마치고부턴 카페에서 만날 때마다 말을 걸어왔다. 특히 커피에 관한 이야기를 시작하면 점심시간이 끝날 때까지 카페를 떠날 수 없을 정도였다. 재밌는 반전은, 교실에선 다시 얌전한 학생 모드로 돌아간다는 것이다.

계절이 바뀌고 시간이 흐를수록 카페를 운영하는 학생들도, 방문하는 손님들도 노련해졌다. 바리스타 학생 몇몇은 언제 준비했는지 바리스타 자격증도 취득했다. '커알못'이었던 나도 이제 커피 맛 정도는 아주 조금 구분할 줄 알게 되었고, 라테를 즐기는 사람이 되었다. 커피에 조예가 깊은 선생님들도 바리스타의 실력이 일취월장했다며 엄지손가락을 들어 보이셨다. 단골 선생님과 학생들도 처음에는 가볍게 눈인사를 하는 정도였지만, 이제는 매일 안부를 물으며 장난도 치는 사이로 발전했다.

라테를 만들어 주던 학생은 고등학교 졸업 후에 카페에서 일하고 싶다고 말했다. 카페에서 일을 하다가 언젠가 본인의 카페를 창업하겠다는 포부를 밝혔다. 커피 이야기만 하면 의욕이 넘치더니 카페 사장님이 되겠다는 목표를 세운 것이다. 일찌감치 진로를 정한 모습이 기특했다. 만약 학교가 리모델링을 하지 않았다면, 그래서 이 학생이 교실에서 수업만 듣는 일상을 보냈다면 자신의 진로를 찾는 데 좀 더 많은 시간이 걸렸을 것이다. 학교에서 모든 실습장을 만들어 주긴 어렵겠지만, 여러 활동을 통해 학생들의 적성을 구체화하는 데 도움을 줄수도 있다는 가능성을 보았다. 자신의 미래를 그리는 학생의 눈빛을 보자 새로운 책임감이 생기는 느낌이다. 물론 바리스타 동아리 학생 전부가 카페에서 일하고 싶은 것은 아니다. 하지만 바리스타 경험을 간접적으로나마 해 보지 않았더라면 '카페에서 일하고 싶지 않다'는 생각마저도 하기 어려웠을 것이다.

그만큼 경험이라는 건 매우 값지다.

라테를 만들어 주던 학생이 졸업한 지 3년 정도 지났다. 처음 졸업하고는 가볍게 연락이 오갔지만, 지금은 어떻게 살고 있는지 모른다. 혹시 언젠가 우연히 들어간 카페에서 만날 수도 있다. 얼마 전에는 부대찌개가 먹고 싶어 들어간 가게에서 한 졸업생이 아르바이트하는 걸 보았다. 점점 연차가 쌓이고 졸업생이 많아지면 아마 이런 일이 종종 있을 테니 가능성이 없는 이야기도 아니다. 그때 그 학생이 나를 알아볼까? 혹시 내가 알아보지 못하는 건 아닐까.

이제는 어느 카페를 갔을 때 라테가 시그니처 메뉴이기라도 하면 그 학생이 있을 수도 있다는 생각에 주변을 두리번거린다. 그러고는 라테를 주문해 본다. 혹시 예쁜 나무 그림이 그려져 있지 않을까 하고.

유튜버 선생님

공립학교는 원칙적으로 5년마다 선생님이 학교를 이동한다. 그래서 2월이 될 때마다 다른 학교로 전근 가시는 선생님들과 이별의 인사를 한다. 5년이면 꽤 오랜 기간 근무한 건데, 떠나는 마음은 어떨지 쉽게 헤아려지지 않았다. 그저 나의 마지막 날을 그려 볼 뿐이었다. 언젠가 맞이할 마지막 날엔 아마도 전교생 앞에서 정식으로 작별 인사를 하고 있을 것이다.

머물러 있을 것만 같던 시간이 흘러 마침내 나도 전근 대상이 되었다. 마지막으로 등교한 날은 종업식과 졸업식이 함께 진행되었다. 그런데 예년과 다르게 학생들에게 인사할 기회가 주어지지 않았다. 당시 코로나로 인해 모든 행사를 대폭 단축

해서 운영했던 터라, 전근 가는 선생님의 인삿말을 듣기 위해 모인다는 건 사치스러운 일이었다. 각자의 교실에서 종업식과 졸업식이 아주 조용히 끝나 버렸고, 당시에는 담임도 아니었던 터라 학생들 얼굴도 제대로 못 본 채 마무리해야만 했다. 이렇게 허무한 마지막이라니, 마음이 텅 빈 느낌이었다. 사람 한 명 없는 복도를 터벅터벅 걸으며 혹시 남아 있는 학생이 있을까 주위를 살폈다. 그러다 평소 잘 지냈던 몇몇 학생들과 마주쳤다. 반가움과 아쉬움 섞인 마음으로 축하의 인사를 건넸다.

"얘들아, 그간 고생했어. 졸업 축하해!"

인사에 대한 답은 '감사합니다' 정도이리라 예상했다. 그런데 학생들은 짜 맞추기라도 한 듯 한목소리로 대답했다.

"선생님, 유튜브에서 봐요!"

기운이 다 빠져 있는 선생님이 머쓱할 정도로 밝은 목소리였다. 생각해 보니 그랬다. 학생들은 학교 안에서만 볼 수 있는 게 아니었다. 나는 교단에 선 지 4년 차가 되던 해에 유튜브를 시작했고, 학생들과 소통할 수 있는 인스타그램도 운영하고 있다. 학생들이 많이 응원해 준 덕분에 구독자 수가 점점 늘어났고, 이제 유튜브 채널은 교실만큼 익숙한 나의 아지트가 되었다. 교실에서 소통하듯이 유튜브나 인스타그램에서 학생들과 소통할 수 있다. 오래전에 알고 지냈던 학생들도 지금 어떻게 살고 있는지 근황을 나눌 수 있는 소중한 공간이 생긴 것이다.

유튜브 채널을 운영하게 된 것은 내가 모든 학생에게 영감을 줄 수 없다는 것을 피부로 느꼈기 때문이었다. 대학 시절 교육학을 공부할 때만 해도 무의식적 혹은 의식적으로 '내가 선생님이 되면 조금 다르겠지', '사랑을 건네면 학생은 무조건 변할 거야'라고 믿었다. 안타깝게도, 이론과 현실이 다르다는 것을 깨닫는 데는 오래 걸리지 않았다. 1년간 정성을 다해 돌보려고 노력한 학생에게 따뜻한 시선을 한 번도 받지 못한 적이 있었다. 반면에 수업을 들어가지 않는 학급에 단 한 번 보강을 들어가 만난 학생은 졸업하고 수년이 흘러도 나를 멘토라며 찾아온다. 나를 통해 1년에 단 한 명의 학생이라도 긍정적인 영향을 받는다면 그걸로 가치 있는 삶이라고 생각한다. 하지만 유튜브 채널을 통한다면 그 영향력이 한 명이 아니라 열 명, 혹은 백 명 이상에게도 가닿을 수 있지 않을까 하는 생각이 들었다.

유튜브를 하기로 결심한 후 선생님이 되기까지의 과정이나 공부하는 방법, 선생님으로서 살아가는 일상생활과 같은 콘텐츠를 영상으로 만들어 게시했다. 영상은 전국 각지에 있는 학생들, 혹은 해외에 있는 학생들에게까지 닿았다. 영상이 아니었다면 만나지 못했을 것이다. 온라인상이지만 우리는 금세 선생님과 학생의 관계가 되었다. 나는 고등학교 선생님이었지만, 유튜브 안에서는 학생의 연령 범주 자체도 넓었다. 초등학생, 중학생, 심지어 성인도 학생이 될 수 있었다. 비대면이었지만 그 관계는 생각보다 더 견고하게 형성되었으며 선생님에게도 학생에게도 큰 힘이 되었다.

유튜브 채널의 구독자가 늘어나면서 교내에서도 '유튜버 선생님'으로서의 역할이 커졌다. 가장 놀라운 점은, 유튜브를 하기 전에는 내 말에 반응이 없던 학생도 적극적으로 다가오는 경우가 생겼다는 것이다. 아무래도 장래 유튜버가 꿈인 학생들 입장에서는 내 존재가 신기하게 느껴지는 듯했다. 10대들이 즐겨 찾는 플랫폼이다 보니 학생들과의 관계가 좀 더 친밀해지는 효과가 있었다. 학생들에게 다가가기 위해 들여야 하는 시간이 유튜버가 되고 난 후엔 확연히 줄어든 것이 체감될 정도였다.

"선생님! 저 구독했어요.!"

"선생님, 저도 출연할래요!"

"구독, 좋아요, 알림 설정!!"

학교를 지나다니다 보면 흔히 듣는 말들이다. 이런 반응을 볼 때마다 좀 더 막중한 책임감을 느낀다. 보는 눈이 많아졌기 때문에 자기 관리를 잘하려고 노력하게 되었고, 조금 더 전문성 있고 자랑스러운 선생님이 되기 위해 공부도 게을리하지 않으려 한다. 교실에서 선생님으로서 꺼내는 말 한마디가 큰 책임을 요하듯이, 유튜브 채널도 선생님임을 밝히고 운영하기 때문에 촬영과 편집할 때 신중을 기한다.

SNS를 통해 졸업한 학생들이 어른으로서 성장하는 모습을 지켜볼 수 있음에 감사하다. 유튜버 선생님이 되어 학교 안팎의 학생들과 경계 없이 이야기하며 살아갈 수 있음에도 감사하다. 많은 이들이 교실에서, 혹은 나의 유튜브 채널에서 용기와 힘을 얻는다는 것은 내게 큰 축복이자 내 삶의 원동력이다. 이전에는 학생과 세대 간 간극이 느껴질 때가 많았는데, 그들이 즐겨 찾는 온라인 플랫폼인 유튜브 세상에 직접 뛰어들어 그 격차를 많이 줄일 수 있었다.

언젠가 유튜브가 아닌 다른 플랫폼이 대세가 되었을 때, 지금의 경험을 토대로 기꺼이 새로운 도전을 해 볼 용의가 있다. 누군가는 스마트폰, 유튜브 때문에 인간관계가 점점 삭막해진다고 이야기하지만, 어쩌면 그 안에서 새로운 방식의 사제 관계를 만들 수 있을지도 모르니까.

2

다른 사람의 기억에

남는다는 것

학생 책상에 앉아 정면을 바라보면 가운데 큰 칠판이 보인다. 그리고 양옆에는 초록 잔디가 벽에 붙어 있는 듯한 게시판이 있다. 왼쪽 게시판에는 커다란 전지 크기의 시간표, A4 크기의 학교 공지, 교과 공지란이 열을 맞춰 붙어 있다. 각 게시물마다 한구석에는 우리 반을 나타내는 트레이드마크 캐릭터가 삽입되어 있는데, 깔끔하게 배치된 게시물에 어떻게든 포인트를 주고 싶어 한 담임 선생님의 욕구가 담겨 있다. 칠판 오른쪽 게시판에는 큰 사이즈의 게시물 두 개가 눈에 띈다. 하나는 우리 반 아이들의 생일이 월별로 적혀 있고, 나머지에는 한 명 한 명이 맡은 역할이 서술되어 있다. 생일 게시물에는 담임 선생님 생일도 살짝 적어두었다는 걸 금방 눈치챌 수 있다.

매월 말이면 그달에 생일이 있는 친구들을 주인공으로 파티가 열린다. 생일 축하 겸 한 달간의 회포를 푸는 소중한 날이다. 1년 같은 3월을 보내고 선생님과 학생 사이가 조금 가까워졌을 때쯤 첫 생일파티를 한다. 방학이 있는 7월과 1, 2월을 제외하고 9번의 생일파티가 열리고, 1, 2월 생일인 친구들은 12월에 같이 축하한다. 담임 선생님과 이벤트 부장을 맡은 두 명의 학생이 여는 나름 큰 규모의 행사다.

개구리 캐릭터가 반을 대표했던 해였다. 3월에 생일인 학생은 네 명이었다. 마침 우리 반 수업이 7교시까지 있는 날이 있어서 그날에 생일파티를 하기로 했다. 이런 행사는 학급 자치 시간이나 수업 시간을 활용하는데, 당연히 아이들은 수업 시간에 하는 걸 더 좋아했다. 파티 전날에 이벤트 부장을 맡은 두 학생이 교무실로 내려왔다. 나는 교무실 책상 아래에 둔 가방에서 지갑을 꺼내 두 손을 유난히 정중하게 내민 학생에게 카드를 건넸다.

"케이크랑 간식을 구입해서 내일 조회 시간 되기 전에 교무실로 가져와 줘."

"돈은 얼마나 사용할 수 있어요?"

"최대 결제 금액은 3만 원으로 하자. 요즘 대세인 간식들도 좀 구매하고. 아, 결제 후에 물품 내역 보이게 영수증 끊어서 가지고 와."

출근하는 길에 제과점이 있어 직접 구매해도 되지만 학생들에게 전적으로 맡기고 싶었다. 선생님이 직접 카드를 내줄 만큼 신뢰하고 있다는 걸 알려 주려 했다. 반 아이들이 만족할 만한 물건을 고르는 일, 결제하는 일, 그리고 아침 일찍 교무실에 들러 물품을 두고 가는 일 모두 귀중한 경험이 되기 때문이다.

생일파티 당일 아침, 이벤트 부장 두 학생이 흰 비닐봉지를 양손에 들고 교무실로 찾아왔다. 조회 시간을 10분 정도 남긴 시간이었는데도 피곤한 기색 하나 없었다. 오늘 생일파티를 한다는 걸 반 아이들도 알지만 마치 몰래 준비하는 것처럼 조심스레 다가왔다. 긴장한 모습으로 주머니에서 카드와 영수증을 꺼냈다. 영수증을 들어 확인하는데 결제 금액을 보니 당황스러웠다. 여러 영수증의 결제 금액을 모두 더해도 최대 예산의 절반밖에 되지 않았다.

"선생님, 케이크는 너무 비싸서 초코파이 케이크로 하기로 했어요. 케이크보다 과자가 더 맛있어요. 파티 다 하고 하나씩 나눠 먹으면 수량도 딱 맞아요."

영수증을 자세히 살펴봤다. 영수증만 봐도 선생님 돈이라고 최대한 아껴서 사용하려고 애쓴 흔적이 보였다. 그 돈으로 간식과 음료도 야무지게 구매한 게 신기할 정도였다. 진심을 다해 칭찬을 해주었더니 아이들은 신나서 파티 계획을 이야기 했다. 그러더니 갑작스레 우울해하며 종이컵 사는 걸 미처 생각하지 못했다고 울상이었다. 선생님한테 종이컵이 있다고 말하자마자 마치 대단한 이야기라도 들은 것처럼 희망의 눈빛을 보냈다. 이벤트 부장들의 마음 씀씀이 덕분에 교무실이 훈훈해진 듯했다. 이후로 생일파티 케이크는 초코파이로 고정되었는데, 가끔 변화를 주기 위해 몽셸일 때도 있었다. 그 어떤 케이크보다도 맛있었다.

자치 시간을 알리는 5교시 종이 울리자마자 분홍색 분필을 들고 칠판 앞에 섰다. 큰 글씨로 'Happy birthday'를 판서하니 주인공들이 수줍어하며 슬금슬금 나왔다. 주인공들은 생일 모자를 쓰는 것이 필수였다. 파란색 모자 두 개와 분홍색 모자 두 개가 있으니 원하는 색을 고르려면 재빠르게 선점해야 한다. 유치하다면서 툴툴거리는 학생도 있었지만, 대부분의 학생들은 마냥 해맑은 표정으로 모자를 골랐다. 이들은 축하를 받은 후 학급 친구들에게 간식을 잘 나눠 주는 일을 맡았다.

초코파이를 쌓아 올린 귀여운 케이크 앞에 학생 네 명이 나란히 섰다. 이벤트 부장 중 한 학생이 교실 불을 껐고 다른 학생은 교실에 있는 PC로 생일 노래를 틀었다. 노래에 맞춰 반전체 학생들이 신나게 노래를 부르기 시작했다. 생일 노래에도 클라이맥스가 있다는 걸 이때 처음 알았다. 노래가 절정에 이르렀을 때는 거의 학교가 떠나갈 듯 큰 소리로 불렀다.

"축하합니다! 축하합니다! 당신의 생일을 축하합니다!"

다른 반에서 항의가 올까 봐 살짝 눈치를 보긴 했지만, 무척 신난 아이들을 보니 이 교실에 완벽히 스며든 것 같아 안심이 됐다. PC로 흘러나오는 노래가 끝나자, 또 새로운 노래를 부르기 시작했다.

"생일 축하합니다! 생일 축하합니다! 사랑하는 친구들의 생일 축하합니다!"

노래 중 친구들 이름이 나오는 구간은 노래가 늘어졌다. 왼쪽에 서 있는 친구부터 차례로 한 명 한 명 이름을 정성스레 불러 주느라 박자 따윈 중요하지 않았다. 어두운 교실을 밝게 비추는 촛불이 나란히 켜지고 네 명의 아이들이 소원을 빌기 시작했다. 그날 파티에서 제일 조용했던 순간이 아닐까 싶다. 눈을 감고 제법 진지하게 소원을 비는 친구들을 모두가 지켜보았다. 이 아이들이 매년 자신의 생일마다 소원을 빌며 초를 불수 있는 인생을 살아가면 좋겠다. 초가 꺼지고 활기찬 박수 소리와 함께 간식 배분 시간이 되었다.

"잠시만요!"

생일인 친구들이 학급 아이들에게 간식을 배분해 주려는 순간, 이벤트 담당 부장들이 큰 소리로 외쳤다. 그러고는 주섬주섬 뭔가를 꺼냈다. 생일인 친구들을 위한 롤링페이퍼를 준비한 것이다. 반 아이들이 들키지 않으려고 몰래 돌려가며 적었을 걸 생각하니 절로 미소가 지어졌다. 롤링페이퍼를 받은 한 학생은 누군가에게 편지를 받는 게 처음이라며 정말 좋아했다. 그 학생은 간식을 나눠 먹는 시간이 되어서도 그 편지를 몇 번이고 읽고 또 읽으며 울먹였다. 담임 선생님이 해 줄 수 있는 건 그 편지가 오래도록 보관될 수 있게 코팅해 주는 일이었다. 롤링페이퍼를 받아서 쉬는 시간에 잠시 교무실에 들렀다. 코팅기가 열이 오를 동안 기다리면서 아이들의 글씨를 찬찬히 바라보았다. 가볍게 생일 축하한다고만 적은 친구도 있었고 새끼손톱보다도 작은 글씨로 빽빽하게 글을 쓴 아이들도 있었다.

'아직 너와 친하진 않지만 너는 좋은 친구인 것 같아. 생일 축하하고 잘 지내 보자.'

편지를 통해 진심을 전하고 새로운 우정이 싹트는 것이 보였다. 이번 이벤트 부장들은 생일파티에 최선이었다. 2학기 때 누가 이벤트 부장을 할지 모르겠지만 인수인계에 힘써 달라고 일러두어야겠다.

자치 시간에 이어 종례까지 마무리한 후 이벤트 부장이 옆 반에서 사진기사를 구해 왔다. 반 아이들이 모두 칠판 앞으로 나와 포즈를 잡았다. 생일인 친구들은 벗어 둔 모자를 다시 쓰고 맨 앞에 섰다. 나중에 사진을 받았는데 그 짧은 시간에 한 50장은 찍은 듯했다. 가장 잘 나온 사진은 SNS 프로필 사진에 올려 두었다.

반 아이들이 다 같이 파티 뒷정리를 했다. 나는 교실 앞에서 풍선 터트리는 걸 주로 했는데, 나름 기피하는 일을 나서서 해 줄 수 있어 뿌듯했다. 선생님이 되면 없던 자신감도 생기는 것인지, 풍선 터트리는 것 정도는 식은 죽 먹기였다. 쓰레기를 모아서 큰 봉투에 담았고, 생일인 친구들이 소각장에 가져갔다. 생일자라고 하기엔 파티 내내 앞에 서 있는 것부터 간식 배분해 주기, 쓰레기 버리기 등 할 일이 많았다. 그런데도 자신들이 봉사를 하는지조차 모르는 것 같았다. 좋은 마음으로 하는 일이다 보니 납득이 된 것일 수도 있다.

생일파티를 하며 서로의 탄생을 진심으로 축하하고 축하받기를 바랐다. 태어나길 잘했다는 생각을 그 순간 넌지시 할 수 있다면 바랄 것이 없었다. 그리고 생일이 아닌 학생들은 누군가에게 무엇을 해 주기 위해 진심을 다하는 일이 얼마나 즐거운 일인지, 또 상대방이 기뻐하면 얼마나 뿌듯한지도 알았으면 했다. 파티를 한 날의 사진을 보면 그때 그 감정이 다시 떠오르곤 한다. 담임 선생님이었던 덕분에 그 소중한 순간을 함께할 수 있어 한없이 좋았다. 지금은 그 아이들이 어디서 무엇을 하며 지내는지 모르지만 마음속으로 축하해 본다.

'얘들아, 올해도 생일 축하해!'

스승의 날

1년 중 가장 두려운 날이 언제냐고 물어본다면 5월 15일이라고 답할 것이다. 알다시피 그날은 스승의 날이다. 나의 속을 알 수 없거나 혹은 너무 잘 알겠어서 쓰라린 날이다.

처음으로 담임 선생님이 되어 우리 반을 마주했을 때, 학생한 명 한 명이 얼마나 소중했는지 모른다. 첫 담임이 가진 열정이라면 이 세상 그 무엇도 두려울 게 없었다. 3월은 아이들을 파악하느라 퇴근하는 것도 잊은 채 교무실에 남아 있기 일쑤였다. 학기 초에 받은 자기소개서와 상담 기록지를 보며 아이들마다 어떤 부분을 채워 줘야 하는지, 어떤 부분을 더 칭찬해 주면 좋을지 연구했다. 4월에는 우리 반을 위한 봉사활동

팀을 만들었다. 봉사활동을 한 번도 해보지 못했다는 학생들에게 귀한 경험을 주고 싶어서 주말마다 봉사활동에 나섰다. 아이들도 열정적인 선생님이 반가웠는지, 주말 봉사활동을 갈 때마다 열 명이 넘게 따라나섰다. 외부 활동을 나가려면 학생들의 안전 지도 계획, 보호자 동의서, 학생들의 동의서 등을 첨부해 기안문을 상신해야 했다. 학교 프로그램인 나이스에서는 모든 선생님의 일일 근무 상황을 확인할 수 있다 보니, 나의 근무 상황을 보고 선배 선생님들은 걱정의 말을 건넸다.

"선생님, 너무 무리하지 마세요."

"아이들에 대한 기대가 크면 선생님이 힘들 수도 있어요."

주말마다 외부로 출장을 가는 2년 차 교사를 보면 충분히 할 수 있는 말씀이다. 하지만 내가 좋아서 시작한 일이니 그 말이 귀에 들어올 리가 없었다.

"괜찮습니다. 제가 이렇게 한다 해서 학생들이 뭔가 해 주길 바라는 건 아니에요. 그저 저와 아이들이 올 한 해를 즐겼으면 좋겠어요."

부지런히 움직인 3월과 4월이 지나고 5월이 되었다. 중간고사도 끝나고 어린이날, 어버이날, 스승의 날까지, 행사가 많아 학교는 더욱 왁자지껄했다. 연초에 받은 학교 달력에 작은 글씨로 스승의 날이라고 적혀 있던 바로 그날, 평소처럼 조회를 하기 위해 교무실을 나섰다.

작년 스승의 날에는 비담임이어서 학급 학생들과 즐기진 못했고, 소소하게 조각 케이크에 불을 끄며 박수를 쳤다. 학급 아이들과 스승의 날 파티를 하고 돌아온 선생님들은 담임을 맡으면 힘들다며 미리 각오하라고 하셨다. 하지만 나는 내 반이 있으면 좋겠다고 생각하던 터라 내심 부러웠다. 철없어 보일까 봐 겉으로 내색은 하지 못했지만⋯⋯

조회하러 가는 길, 복도를 걷는데 다른 반 교실 풍경을 보는 재미가 있었다. 담임 선생님 몰래 불을 끄고 파티를 준비하는 학생들도 있었고, 이미 파티가 끝났는지 촛불이 꺼진 교실도 있었다.

'케이크를 다 같이 나눠 먹는 것은 김영란법에 저촉되지 않을 거야. 모두에게 똑같이 나눠 주면 돼.'

'혹시 선물을 샀으면 어떻게 돌려줘야 하지?'

곧 일어날 장면을 상상하며 최대한 이성적이고자 노력했다. 복도가 참 길게 느껴졌다. 혹은 내가 천천히 걷고 있었는지도 모른다. 교실로 향하기 전 교무실에서 있었던 일 때문이었다. 조회 5분 전, 옆자리에 앉은 선생님에게 그 반 학생이 찾아왔다. 파티 준비가 예상보다 늦어졌는지 반에서 바람잡이 역할의 학생을 한 명 보낸 듯했다. 티 나게 시간을 질질 끌려고 이 얘기 저 얘기를 하는 모습이 제법 귀여웠다. 우리 반 아이들에게도 혹시 시간이 필요한 건 아닐까, 평소보다 늦장을 부린 이유였다.

드디어 교실에 도착했다. 불이 꺼져 있는 걸 보니 아이들이 뭔가 준비한 모양이다. 조심스레 앞문을 열고 들어갔다.

"선생님 안녕하세요."

몇몇 학생이 인사를 한다. 유난히 휑해 보이는 교실, 불이라도 켜야겠다 싶어 교탁에 섰다가 다시 앞문 쪽으로 가서 직접 불을 켰다. 오늘따라 컨디션이 좋지 않은지 아이들이 피곤해 보였다. 지각한 아이도 몇 명 있었다. 평소처럼 조회 사항을 전달했다. 아무 일도 없는 듯, 아무 날도 아닌 듯, 조회를 마치며 늘 하던 인사를 했다.

학교가 'ㅁ'자 형태로 생겨서 오른쪽 복도로 향하든 왼쪽 복도로 향하든 교무실에 도착할 수 있었다. 평소에는 다른 교실도 구경할 겸 오른쪽 방향으로 갔지만, 이날은 다른 교실을 만나지 않는 왼쪽으로 몸을 틀었다. 교무실에 앉아 서둘러 업무할 거리를 찾았다. 괜히 수업 연구를 좀 더 하려고 애썼다. 뒤이어 다른 반 선생님이 들어오셨는데 나도 모르게 그 선생님을 유심히 관찰하고 있었다. 선생님의 표정, 행동을 보아하니

저 반도 파티는 생략했나 보다. 의도치 않게 위안을 받았다.

오전 일과를 마무리하고 급식실로 향했다. 설레는 마음으로 급식판을 가득 채우고 부서 선생님들과 둥근 테이블에 앉았다. 급식실 선생님들께서 스승의 날을 기념해 귀여운 미니 케이크를 준비해 주셨다. 매일을 행복하게 해 주시는 분들인데, 그분들도 준비하면서 한 입 드셨길. 초코 케이크가 달달하니 피로가 가시는 듯한 기분이었다. 마지막 조각을 삼키며 한 마디를 건네 봤다.

"요즘은 스승의 날이지만 파티나 이런 건 잘 안 하죠. 아무래도."

순간 정적이 일었다. 왠지 꺼내서는 안 될 말을 한 듯했다. 그들의 당황한 표정을 보니, 우리 반만 스승의 날 파티를 생략한 모양이었다.

"아이들이 종례 때 하려고 준비하는 거 아닐까요? 오늘 지각생도 몇 명 있었다면서요."

졸지에 위로받는 입장이 되었다. 얼른 태세 전환이 필요했다. 정말 아무렇지 않음을 표현하기 위해 음식도 더 맛있게 먹고 더 크게 웃어 보였다. 사실은 마음속에 폭풍이 일고 있었지만 말이다.

자존심이 상했다. 학생들에게 바라는 게 없다고 당당하게 말해 왔는데, 속마음을 들킨 기분이었다. 문제는 그간 나 자신조차 속이고 있었다는 것이다. 그래도 "우리 담임 선생님이 최고"라며 애정 표현을 아끼지 않던 우리 반 학생들이다. 그깟 스승의 날 파티 하나 하지 않은 거로 이렇게 속상해도 되는 걸까. 지금 느끼는 감정의 실체가 뭔지 알지도 못한 채 종례 시간이 다가왔다. 마치 일주일 전에 조회를 들어간 듯 하루가 길었지만, 또 그 일주일이 순식간에 지나간 듯 빨랐다. 종례 시간에 학생들이 아무것도 준비를 못 한 것에 대해 미안해하더라도 대범하게 받아들이기로 했다.

교실에 도착하지도 않는데 아이들 목소리가 들려왔다. 아침엔 피곤해 보였는데 다행히 원기를 회복했나 보다. 입이 귀에 걸릴 듯 미소를 장착하고 종례를 시작했다. 모든 전달 사항을 알려 주고, 이대로 인사만 하면 오늘을 마무리할 수 있다…….

"너희들, 오늘 무슨 날인 줄 아니?"

아차, 마음속 소리가 그만 입 밖으로 나와 버렸다. 감성이 이성을 밟고 일어난 순간이었다. 아이들은 아무런 대답을 하지 못했다. 이 말을 꺼낸 30초 전의 나를 책망하며 아이들 표정을 살피는데, 그들의 표정이 너무 해맑아서 민망할 정도였다.

"스승의 날이잖아."

오늘이 무슨 날인지 일러 주자 그제야 몇몇 아이들의 눈이 동그래졌다. 정말 몰랐던 모양이다. 조금 활발한 친구가 갑자기 스승의 은혜 노래를 부르기 시작했고, 몇몇 친구들이 엇갈리게 노래를 불렀다. 노래 가사를 완벽히 아는 학생이 없었다. 몇 마디 부르다가 '헤~' 하고 웃어 버린다. 서로 노래를 모르냐면서 비웃으며 깔깔대는 아이들을 보니 싱거운 웃음이 났다. 급히 인사를 하고 아이들을 돌려보냈다. 내가 이 아이들을 두고 무슨 생각을 한 건지, 아마 이날 이불 속에서 발차기를 수십만 번은 했나 보다. 그래도 어린이가 어린이날을 기다리고, 부모님이 카네이션을 받는 어버이날이 있듯, 선생님이라서 기대해 본 거라고 혼자 갈무리했다. 첫 담임으로서 맞은 스승의 날은 그렇게 끝났다.

1년이 흘러 다시 두려운 날이 돌아왔다. 혹시 작년과 같은 일이 벌어지더라도 속상해하지 않기로 마음을 다졌다. 알고 보니 매년 나와 유사한 감정을 느낀 선생님이 많았다. 그래서 여러 학교에서는 스승의 날에 일부러 학교 행사를 잡기도 한다고 했다. 안타깝게도 우리 학교는 정상 일과를 보냈다. 스승의 날의 아쉬움을 완전히 잊을 만큼 첫 담임을 맡은 반 아이들과 잘 지냈고, 아쉬운 작별로 서로를 떠나보냈다. 역시, 그저 기념

일일 뿐이었다. 반 아이들도 선생님과 정이 많이 들었는지 학년이 올라 더 이상 내가 담임 선생님이 아닌데도 가끔 몇 명씩 짝을 지어 교무실로 찾아오기도 했다. 이날도 작년 우리 반 학생 한 명이 찾아와 교무실 문을 두드렸다.

"선생님, 드릴 말씀이 있는데요. 옆 실습실에서 잠시 뵐 수 있을까요?"

사뭇 진지해 보여서 학생에게 먼저 실습실에 가 있으라 말했다. 평소에는 밝지만 가정환경 등으로 어려움이 많았던 학생이었다. 상담을 기록할 수 있게 교무수첩과 볼펜, 그리고 심심한 위로가 될 쿠키 하나를 챙겨 들었다. 실습실의 썰렁한 분위기가 이 학생을 압도하기 전에 서둘러야 했다.

"스승의 은혜는 하늘 같아서~ 우러러 볼수록 높아만 지네."

실습실 문을 열자 작년 우리 반 아이들이 단체로 합창을 하기 시작했다. 전혀 예상하지 못한 일이라 문을 연 상태에서 말 그대로 얼음이 되었다. 그러자 아이들은 나를 교탁 앞으로 끌어당겼고 곧이어 가운데에 있는 나를 에워쌌다. 선생님 한 번, 친구 한 번씩 번갈아 시선을 두며 노래하는데, 그 모습이 슬로모션처럼 천천히 보였다. 맨 앞줄 책상 위에는 케이크가 놓여 있었다. 애초에 조각이 나 있는 케이크라 공정하게 자를 필요도 없었다. 초는 두 개 꽂혀 있었는데 우리의 인연이 2년째라서 그렇다고 했다. 초를 불고 나서야 정신이 드는 바람에 미처 소원도 빌지 못했다. 고개를 돌려 아이들을 보니 작년 우리 반 아이들이 한두 명 빼고는 모두 모여 있었다. 한 학생이 내 손에 연두색 포스트잇 뭉치를 쥐여 주었다. 작은 포스트잇에 그보다 더 작은 글씨로 야무지게 메시지가 적혀 있었다.

"선생님 축하드려요!"

"선생님 사랑해요. 감사해요!"

감사하다고 몇 번을 외치는 아이들을 보는데 가슴이 뜨거워졌다. 눈물이 차오르는 걸 몇 번이고 꾹꾹 눌렀지만 결국 터져나와 버렸다. 이 아이들은 이제 같은 반이 아니어서 다 같이 모이기가 쉽지만은 않았으리라. 그런데도 누군가에게 고마움을 표현하기 위해 마음을 모을 줄 아는 사람이 되었다는 게 벅차게 기뻤다.

교무실로 돌아와 B4용지를 한 장 꺼냈다. 손에 꼭 쥐고 있던 포스트잇 뭉치를 하나하나 떼어 내서 정리해 붙였다. 포스트잇을 요령껏 잘 붙여 두니 그럴듯해 보이는 롤링페이퍼가 되었다. 이렇게 투박하고 사랑스러운 롤링페이퍼라니…… 평생 간직할 보물이다.

솔직히 말하면 스승의 날은 지금도 두렵다. 학생을 대하는 나의 마음을 현실적으로 마주하는 듯한 기분이 들어서다. 그래도 내 이름 옆에 선생님이라는 명칭을 붙인 인생이니, 스승의 날을 나를 위한 날처럼 여겨 보려고 한다. 교직에 있는 나를 순수하고 직관적으로 돌아보고, 퇴근 후엔 맛있는 음식을 스스로에게 먹여 주기도 할 테다. 앞으로 몇 번의 스승의 날을 만날지는 모르겠다. 그래도 분명한 건 평생을 버틸 수 있을 추억이 충분히 많다는 것이다. 이것만으로도 나의 스승의 날은 참 값지지 않은가.

학기 초가 되면 우리 반 학생 모두와 1 대 1 상담을 한다. 아이에 대한 개인적인 감정이 덜할 때 하다 보니, 편견 없이 그들의 목소리를 들을 수 있는 귀한 시간이다. 어떤 학년을 맡더라도 하는 상담이지만, 3학년 담임일 때는 더욱이 심혈을 기울이게 된다. '고3'이라는 단어가 주는 부담감은 학생이나 선생님이나 마찬가지인가 보다. 마지막으로 교복을 입는 한 해를 함께 보낸다고 생각하면 가끔은 무한한 책임감에 휩싸이기도 한다. 상담 중에 학생이 꺼낸 말을 한마디도 놓치지 않으려고 휘리릭 받아 적고는, 학생이 교무실을 나가자마자 타이핑한다. 이렇게 기록해 둔 글은 1년 내내 요긴하게 사용할 수 있는 소중한 자산이 된다.

"선생님 반의 그 친구는 수업 시간 내내 자네요."

벌써 몇 분의 선생님이 하윤이를 콕 집어 이야기했다. 하윤이는 평소 조례나 종례, 학급 행사에는 누구보다도 활발하게 참여하는 학생이었다. 내가 교탁 앞에서 지친 기색이라도 보이면 선생님 대변인이라도 된 듯이 더 우렁차게 대답해 주는 학생이었다. 그런 아이가 수업 시간만 되면 책상에 고개를 푹 떨궜다. 학기 초에는 미리 교과서도 펴 두고 나눠 준 학습지에 필기도 정성껏 했다. 성적이 좋은 편은 아니지만 그래도 수업 시간에 마냥 자고 있진 않았는데 요즘은 통 엎드려만 있었다.

교무실에 앉아 우리 반 상담일지를 열었다. 하윤이는 학교 공부가 적성에 맞지 않는다고 했다. 학교에서 배우는 교과목 자체에서 의미를 찾지 못한다는 것이다. 그래도 학교 다니는 것 자체는 재미있다고 했다. 말과 행동이 정확히 일치하는 학생이었다. 수업 시간에만 엎드려 있을 뿐 지각 한 번 없이 성실하게 학교에 다니고 있었다. 내게는 반짝반짝 빛나는 아이지만, 교과 수업만 하는 선생님들은 당연히 그 모습을 알 리가 없었다. 얼굴이 책상에만 향해 있으니 애초에 어떻게 생긴 아이인지도 모를 수 있었다. 선생님들이 지적할 때마다 착한 친구라며 조금만 지켜봐 달라고 답을 했지만, 그대로 두었다가는 하윤이에게 벌점이 가득 찰 기세였다.

쉬는 시간 종이 치자마자 교실에 갔다. 이번에는 하윤이와 대화하려고 갔지만 평상시에도 나는 교실에 자주 간다. 처음에는 담임 선생님이 교실에 갑자기 등장하면 아이들이 괜히 얼어붙곤 했다. 그런데 이게 일상이 되니까 '또 오셨구나' 하는 표정으로 가볍게 인사를 하고는 각자 하던 일에 다시 집중했다. 아무래도 교실 방문 횟수를 줄여야 담임 선생님을 더 찾아 줄 것 같다. 하지만 교실에서 아이들과 시시콜콜한 이야기를 하는 게 취미이자 힐링인지라 그럴 일은 없다. 보고 싶은 사람이 계속 오면 되는 거다.

3분단에서 대화하고 있는 네 명의 무리에 하윤이가 있었다. 그사이에 쏙 끼어들어 뜬금없는 질문을 던졌다.

"너희는 혹시 졸업하고 어떤 걸 해 보고 싶어?"

"평소 즐겨 하는 일이 있니?"

이런 질문을 하면 보통은 하고 싶은 것도, 즐겨 하는 일도 없다는 학생이 많다. 힘없는 대답에 말문이 막힐 때가 많지만, 물어보지 않을 수 없다. 교무수첩에 따로 붙여 둔 명렬표가 있는데, 그런 친구들 이름에는 별표를 해놓는다. 1년간 수없이 상담하고 지켜봐야 하기 때문이다. 혹시 모른다. 아직 적성을 찾지 못했을 뿐, 뜻밖의 분야에서 '스타'가 될 수도 있다.

"아, 맞다. 쌤! 저 요즘 학원에 다니기 시작했어요. 네일아트 자격증 따 보려고요."

하윤이의 대답에 안도의 숨을 내쉬었다. 학교 끝나자마자 학원에 달려가 10시가 넘도록 자격증을 준비하고 있다고 했다. 졸업 후에는 네일숍에 취업해 네일아티스트가 되고 싶다고 했다. 하고 싶은 일을 스스로 찾아 공부하고 있는 걸 보니 기특함을 넘어 고마운 마음까지 들었다. 이런 사정을 듣고 나니 하윤이가 그간 보인 행동이 이해가 됐다. 하지만 그렇다고 해서 수업 시간에 자는 것이 옳은 일은 아니다. 학원을 병행하며 학교를 잘 다닐 수 있는 방법을 고민해 보기로 했다.

하윤이에게서 학원 커리큘럼이 적힌 리플릿 한 장을 받았다. 그리고 그 학원의 홈페이지에 접속했다. 혹시 위탁 교육을 할 수 있는 기관인지 알아보기 위해서였다. 위탁 교육은 학교 교육에 어려움을 느끼는 학생들을 타 기관에 위탁하여 수업을 듣게 하는 제도였다. 학교 교육을 받는 것도 좋지만, 고등학교 생활을 한 학기 남긴 이 시점에선 그 배움의 장소가 크게 중요해 보이지 않았다. 혹시나 하는 마음에 학원에 직접 전화해 보기로 했다. 평소에는 중국집에 전화해서 음식 시키는 것도 어려워하는 성격인데, 학원에 전화하는 건 단 1초도 망설여지지 않았다. 자신감 갖고 전화한 보람이 있게도, 하윤이가 공부하는 곳은 위탁 교육이 가능한 학원이었다. 만약 학교에서 허가한다면 학교 정규 수업 시간 동안 학원에서 하고 싶은 공부를 할 수 있었다. 희망에 가득 차서 교무부장 선생님, 진로상담부장 선생님과 협의를 했고, 결국 위탁 교육은 아니지만 그와 유사한 제도를 활용할 수 있게 되었다.

하윤이와 어머님에게 진행 상황을 전달하고 동의를 얻었다. 흔히 있는 일이 아니어서 서류 절차가 까다로웠고, 다른 학생들과 선생님들이 이 상황을 납득할 수 있도록 현명하게 중간 다리 역할을 하는 게 힘들었다. 하지만 고3 담임 선생님으로서 한 학생을 위해 무언가 해 줄 수 있다는 게 가슴 벅차게 기뻤다.

"선생님 결혼하실 때 제가 꼭 웨딩네일 해드릴게요."

하윤이는 좋은 기회가 생겼으니 빠르게 자격증을 취득해서 졸업과 동시에 네일숍에 취업하겠다고 했다. 선생님의 웨딩네일은 꼭 본인이 하고 싶다고 당차게 선언했다. 하윤이는 학교에 등교하긴 했지만 오전 수업을 마치면 타 기관으로 넘어가 다른 교육을 받았다. 수업 시간에 열정적이던 아이도 아닌데, 하윤이가 없는 교실은 왠지 허전했다. 생각해 보면 그간 수업을 들으며 교실에 앉아 있는 것이 쉬운 일은 아니었을 텐데 버틴 것만 해도 장했다. 이제야 그 존재만으로도 선생님에게 힘이 되었다는 것을 알았다. 학교 일과가 끝나면 하윤이와 연락을 주고받으며 잘하고 있는지 묻기도 하고 격려도 했다. 혹시 학교에 잘 다니고 있는 아이를 괜히 외부로 보낸 건 아닐까 걱정될 때도 있었다. 하윤이는 그런 담임 선생님의 마음을 아는지 그 어느 때보다도 열심히 살고 있는 듯했다. 시간이 흘러 졸업식 날이 되었고, 하윤이는 네일아트 자격을 얻는 데 성공했다.

아이들을 졸업시키고 잠시 담임을 쉬던 해 5월에 결혼식 날짜를 잡았다. 웨딩네일을 하려다 보니 문득 하윤이와 나눴던 이야기가 떠올랐다. 네일숍에 취업했다는 소식은 들었지만, 직장 생활을 하는 아이에게 쉬이 연락하기가 어려웠다. 선생님의 연락이 부담이 될까 조심스러웠지만, 그냥 지나치면 후회가 더 클 것 같아 핸드폰을 잡아 들었다.

"하윤아, 잘 지내니?"

"네, 선생님! 잘 지내세요?"

망설임이 무색할 정도로 메시지를 전송하자마자 답이 왔다.

"선생님이 5월에 결혼하는데, 혹시 웨딩네일을 부탁해도 될까?"

두근거리는 심장 박동이 문자를 하는 엄지손가락까지 전달

되는 듯했다.

"당연하죠! 너무 좋아요!"

결혼식 일주일 전, 하윤이와 약속한 날이 되어 일산에 위치한 네일숍으로 향했다. 근무하는 직원 수에 맞게 아이스 아메리카노를 사서 2층으로 올라갔다. 심호흡을 하고 나서 매장 문을 열었다. 취업해서 사회인이 된 제자를 본다고 생각하니 그렇게 떨릴 수가 없었다. 생각보다 규모가 큰 곳이었고, 요즘 유행하는 노래가 신나게 흘러나오고 있었다. 예약하고 오셨냐는 질문에 작은 목소리로 "하윤 씨에게"라고 대답했다. 순간 호칭을 어떻게 해야 할지 몰랐다. 말이 끝나기가 무섭게 저 멀리서 하윤이가 달려 나왔다.

"선생님! 저기가 제 자리예요. 이쪽으로 오세요."

사용감이 있는 도구들, 여러 네일 장식들이 있는 책상에 마주 보며 앉았다. 어떤 스타일로 할지 상의한 후에 네일을 시작했다. 정성스레 선생님의 손톱을 만져 주는 그 손길에서 미묘한 떨림이 느껴졌다. 어떻게든 장식을 더 올려 주고 싶어 했고, 나 역시 하윤이가 하고 싶은 대로 해 주었음 했다. 네일아트를 하느라 고개를 숙이고 있는 아이를 보니, 이제 사회생활을 막 시작해서 어려운 건 없을까, 막내여서 힘든 건 없을까 별의별 생각이 다 스쳐 갔다. 밝고 씩씩하게 다가오는 것이 기특하면서도 한편으로는 짠했다. 아직 내 눈에는 영락없는 아이 같은데, 일하는 모습에 울컥해 눈물이 날 것 같았다. 이런저런 생각을 하고 있는데 하윤이가 고개를 들어 순간 눈이 마주쳤다. 그런데 둘 다 눈에 눈물이 글썽했다. 하윤이도 나름대로 여러 생각이 겹쳐 울컥한 듯했다. 선생님이 지금 양손을 펼치고 있어 눈물을 닦을 수도 없으니, 네일아트를 하는 동안에는 서로 얼굴을 보지 말자고 장난스레 이야기했다.

네일아트를 마치고 매장 문을 나서는 순간까지 열댓 번은 인사를 한 것 같다.

"우리 하윤이 잘 부탁드려요. 감사합니다. 안녕히 계세요."

서비스 미소를 탑재하고 최대한 밝은 목소리로 인사했다. 무슨 부탁을 그렇게 하는지, 스스로도 푼수 같아 보였다. 아기를 세상에 내놓은 엄마의 마음이 무엇인지 조금은 알 것 같기도 했다. 운전하며 집으로 돌아가는 길, 핸들을 잡은 손가락이, 자세히 말하면 그 손톱이 노을빛과 어울려 빛나고 있었다. 네일아트를 많이 해 보진 않았고, 또 앞으로도 얼마나 할지는 모르겠지만 그 순간 느꼈다. 이 네일이 내 인생에서 제일 아름답고 예쁜 완성작이라는 걸.

'담임 선생님'이라고 불리는 장소는 공식적으로 우리 반 교실 하나지만, 담임의 역할을 해야 하는 그룹이 두 개 더 있다. 바로 동아리와 방과 후 수업이다. 학급과 동아리는 한 번 배정받으면 1년간 함께해야 하지만, 방과 후 수업은 짧으면 두 달에서 길면 한 학기 정도로 운영된다. 기간으로 볼 때 방과 후 수업은 다른 활동에 비해 비중이 적지만, 짧은 기간에 모든 열정을 쏟아부어서인지 강렬한 기억으로 자리 잡는다.

방과 후 수업은 평소 수업과는 다른 매력이 있다. 아마 수업을 듣는 대상이 다르다는 점에서 큰 차이가 생기는 것 같다. 학교 일과 중에 들어가는 수업은 학교 교육과정에 따라 전체 학생을 대상으로 한다. 최대한 많은 학생을 아우를 수 있게끔 난이도를 설정하여 수업하는 것이다. 그러다 보니 수업이 어떤 학생에겐 너무 쉽고, 또 누군가에겐 너무 어려울 수 있다. 학년 초마다 학생들의 수준을 진단하는 평가를 하는데 예상보다 수행능력이 낮을 때가 있다. 그럴 때는 같은 교과 선생님과 협의해 난이도를 확 낮춰 수업을 진행한다. 수업이 너무 쉬워 지루해하는 아이들이 있음을 알지만 미안함을 안고 한 학기를 보내는 것이다.

본인의 성취도에 비해 느린 수업인데도 선생님 질문에 우렁차게 답하는 학생들이 있다. 이 고마운 학생들을 위해 1학기가 끝날 때쯤 아이들의 수준이 제법 비슷해지면 2학기 때는 난이도를 높여 수업을 해보겠다는 결의를 가져 본다. 하지만 여름방학을 너무나 즐긴 나머지 대다수의 학생이 다시 1학기 전의 수준으로 돌아가 있어서 나의 다짐은 허무하게 무너져 버린다. 그러다 보면 한 학생도 놓치고 싶지 않은 선생님의 욕심으로 결국 모든 학생을 놓치는 건 아닌가 후회될 때가 많다. 그런데 수업에서 느낀 허무함, 자괴감을 방과 후 수업을 통해 약간은 해소할 수 있다. 아무래도 수강 학생도 적고 성적이 비슷한 학생들만 모여 있다 보니 좀 더 개별화 수업이 되는 느낌이다.

방과 후 수업 신청 시즌이 되면 선생님에게도 학생에게도 선택의 순간이 찾아온다. 먼저 학생들의 수요 조사를 통해 수업 주제가 결정되면, 관련 부서 선생님이 전체 선생님에게 메시지를 보낸다. 방과 후 수업을 맡아서 하고 싶은 선생님은 재빠르게 한 수업을 골라 손을 들어야 한다. 어떤 수업이냐에 따라 선생님이 빨리 배정되기도 하지만, 선생님을 구하기 힘든 수업도 있다. 어찌 됐든 수업 주제와 담당 선생님까지 결정되면 최종 선택은 학생들에게로 넘어간다.

내가 방과 후 수업을 선택하는 기준은 평소 수업 때 더 미안한 그룹을 고르는 것이다. 교실 수업 이상의 학습을 원하는 학생들을 택할 것이냐, 기초 학습이 필요한 학생들을 택할 것이냐, 매번 고민이다.

애초에 교실에 교과 수업을 들어갈 선생님은 학교 시스템에 따라 정해진다. 하지만 방과 후 수업은 학생에게 선택권이 있기 때문에, 선생님을 믿고 모인 이 아이들은 내가 책임지고 이끌어 가야겠다는 의무감이 든다. 방과 후 수업의 수강료는 수강 인원 수에 따라 다르지만, 굉장히 저렴하거나 무료여서 학생들에겐 경제적인 부담이 거의 없다. 혹시 사교육에 의지할 수 있는 여건이 안 되어 어쩔 수 없이 선택한 학생이 있을 수도 있다는 생각에 더 최선을 다하게 된다.

'모두 이 선생님만 따라오란 말이야! 후회하지 않을 거야!'

방과 후 수업반의 학생들은 이 수업을 통해 성취하고자 하는 목표가 비슷하다. 학교 수업을 다 듣고 난 후에 참여하는 거라 지칠 법도 한데 열의가 가득하다. 두 시간 동안 학생들의 목표를 달성시켜 주겠다는 일념으로 목이 터져라 수업하고 나면 그렇게 뿌듯할 수가 없다.

　처음 교사 생활을 시작하자마자 3월부터 방과 후 수업을 진행했다. 평소 교과 수업의 수준을 몇 단계는 뛰어넘는 전문 자격증의 내용을 다루는 수업이었다. 교실 수업만 준비하기도 바쁜데 방과 후 수업 내용은 선생님 입장에서도 어려워서 매일을 헉헉대며 버텨 낸 기억이 있다. 10주가 넘는 방과 후 수업이 끝나는 날, 마치 힘든 운동을 무사히 끝마친 듯 상쾌했다. 완전히 끝냈다는 기분을 내고 싶었다. 퇴근하려던 발걸음을 멈추고 자리에 도로 앉아 컴퓨터를 켰다. 학교 메신저로 방과 후 수업 담당 선생님께 출석부와 수업 사진 몇 장을 첨부해 메시지를 보냈다. 증빙 자료까지 제출했으니 당분간 방과 후 수업은 잊고 학교 일과가 끝나면 빠르게 칼퇴를 할 수 있다.

　종강 다음 날, 메신저에 답장이 왔다. 방과 후 수업 수당은 월말쯤 한 번에 처리한다는 내용이었다. 사명감으로 시작한 방과 후 수업이었지만 그렇다 해도 통장에 돈이 들어올 걸 생각하니 설레는 마음을 감출 수가 없었다. 한편으론 한 명의 이탈자도 없이 열정적으로 참여해 준 학생들의 얼굴이 스쳤다. 수업 시간은 한정되어 있고 내용은 어려워서 머릿속에 새로운 지식을 욱여넣느라 고생이 많았을 아이들이다. 수업이 끝날 때마다 늦게까지 고생하셨다며 인사하는 학생도 있었다. 그 아이들은 방과 후 수업이 끝나면 선생님이 수당을 받는다는 것을 아는지 모르겠다. 아이들 덕분에 돈을 벌었다는 약간의 민망함과 고마움에 맛있는 음식이라도 사 주고 싶었다.

특유의 추진력을 발휘해 수업을 들은 학생들을 불러 모아 고깃집으로 향했다. 햄버거 정도 사 줄까 하고 먹고 싶은 걸 물어봤는데, 다 같이 고기를 외치는 바람에 계획이 약간 틀어졌다. 그래도 다행인 건 무한 리필 가게여서 한 사람당 정해진 가격만 지불하면 됐다.

"선생님이 다 사 줄게. 많이 먹어!"

선생님이 돼서 학생들에게 처음으로 사 주는 음식이었다. 아이들을 데리고 식당에 가다니, 그것도 고깃집이라니, 나 자신이 좀 멋있게 느껴지는 날이었다. 아직 수당이 들어오진 않았지만 지갑엔 빛나는 신용카드가 있으니 문제없었다.

삼겹살, 갈비 등 다양한 고기가 정말 많아서 몇 종류나 먹을까 싶었는데, 자라나는 청소년이라 그런지 식당이 휘청일 정도로 많이 먹었다. 무한 리필이라 정말 다행이었다. 그런데 생각지 못한 변수가 있었다. 된장찌개와 공깃밥은 무한 리필이 아니었다. 한국인은 밥심으로 산다는 것을 새삼 실감했다. 한 사람당 찌개와 밥을 두세 개씩 주문하였고 음료수도 주문해서 마셨다. 주문할 때마다 먹어도 되는지 내 의사를 물어보긴 했는데, 그 반짝이는 눈을 보고 차마 안 된다고 할 수 없었다. 결제하려고 보니 예상보다 많은 금액이 나와서 적잖이 당황했다. 빛나는 신용카드가 아니라 빚내는 신용카드가 될 지경이었다. 손은 떨렸지만 그래도 방과 후 수업을 함께해 준 고마움이 훨씬 크니까 괜찮았다.

멋있게 결제를 하고 학생들과 헤어진 그날 저녁이 아직도 생생하다. 지하철역까지 가려면 버스를 타야 했는데 많이 먹었으니, 소화시킬 겸 여운을 좀 더 느낄 겸 걸어서 갔다. 교과 수업, 방과 후 수업으로 폭풍 같았던 첫 학기가 어느새 끝나 가고 있었다. 조금 더 있으면 선생님이 된 후 처음 맞는 방학이 다가오는 시점이었다. 행복한 초여름 저녁이었다.

지금도 방과 후 수업이 종강을 맞으면 어떤 식으로든 학생들에게 음식을 사 준다. 마지막까지 오느라 고생한 아이들과 나의 인내심을 축하하는 것이다. 물론 무한 리필 고깃집은 다시 가지 않았다. 메뉴 선정에 신중을 기하는 것은 선택이 아닌 필수다.

자, 그럼 다음 종강 때는 어떤 음식을 먹을까?

벌

한창 교과 수업을 진행하는데, 고개를 어설프게 숙인 한 학생이 보였다. 역시나 핸드폰을 만지작거리고 있었다. 잠시 수업을 멈추고 학생 자리로 향했다. 모두가 숨죽인 순간, 선생님이 본인한테 오는 줄도 몰랐던 그 학생은 내가 바로 앞까지 가서야 소스라치게 놀라며 '악' 소리를 냈다. 나는 말없이 오른손을 내밀었고, 학생은 손 위에 핸드폰을 올렸다. 순식간에 싸늘해진 교실 분위기를 뒤로하고 교탁에 학생의 핸드폰을 내려놨다.

"수업 끝나고 교무실로 내려와요."

수업 중간중간 교탁 위에 놓인 핸드폰이 신경 쓰였다. 핸드폰 주인의 얼굴은 완전 풀이 죽어 있었다. 수업 마치고 교무실로 따라오라고는 했지만, 구체적으로 어떻게 지도해야 할지 대책은 없었다. 수업을 위한 교수학습 지도안은 있지만, 돌발 행동에 대한 지도안은 없었다. 일단 수업을 마저 끝내기로 마음먹었다.

칠판 앞에 서 있는 선생님이 뒤로 돌아선 틈을 타 무언가를 하는 건 짜릿하고, 또 재밌을 수도 있다. 나 역시 고등학교 때 옆자리 친구와 쪽지를 써서 선생님 몰래 주고받았던 기억이 있다. 물론 자주 그랬던 건 아니다. 쪽지 안의 내용은 의외로 시시콜콜했고 쉬는 시간에 이야기해도 충분했다. 아마 쉬는 시간에도 굳이 이야기할 필요 없는 내용이었을 테지만 왠지 수업 시간이면 좀이 쑤셨다. 그러다 아슬아슬하게 선생님께 들키지 않으면 괜히 킥킥대고 웃다가 어느 순간 양심에 찔려 수업에 집중하곤 했다.

지금 돌아보면 선생님이 알면서도 모르는 척 넘어갔을 가능성이 매우 높다. 문제는 그걸 선생님이 되고 나서야 알았다는 거다. 교탁 앞에 서서 앞을 쳐다보면 과거에 몰래 했다고 믿었던 일들이 민망할 정도로 모든 학생의 행동이 다 보인다. 교실에만 들어가면 어찌나 시력이 좋아지는지, 투시력까지 생겨서 행동뿐 아니라 학생이 수업에 관심이 있는지 없는지 마음속까지 읽을 지경이다.

학생이 핸드폰을 만진다든가, 교과서 밑에 다른 과목 수행평가지를 두고 몰래 하는 걸 목격하면 가슴이 답답해진다. 차라리 안 보는 게 마음이 편할 것 같다. 열띤 수업을 하다가 흐름이 끊기는 것도 문제지만, 그 순간 상황을 해결하며 내 정신을 바로잡기가 어렵다는 게 더 큰 문제다. 하지만 교실에서 무언가 변수가 생겼을 때 당황하지 않고 수업을 재개하는 것도 교사의 덕목일 것이다.

'벌'이라는 단어를 좋아하지 않는다. 범죄를 저지른 게 아니라면 한 사람이 다른 사람에게 벌을 내릴 수 있는 권리가 있을까. 나이는 숫자에 불과하고 모든 사람은 존중받아 마땅하다. 하지만 수업 시간에 핸드폰을 만져도 피드백을 하지 않는 건 선생님으로서 올바른 행동은 아니라고 생각한다. 따라서 벌은 주지 않되 반성하는 태도를 가질 수 있도록 도와야 한다. 사실 이것이 벌을 주는 것보다 더 어렵다. 아이의 마음을 움직여야 하는 일이기 때문이다.

수업 종료를 알리는 종이 치자마자 핸드폰 주인은 내 뒤로 달려오더니 교무실까지 쪼르르 따라왔다. 학생의 행동이 빨랐던 건 아마 내 손에 쥔 핸드폰을 얼른 다시 받고 싶기 때문이리라. 복도에 나와 교무실로 향하며 머릿속은 이런저런 시뮬레이션을 돌리느라 바빴다. 그냥 방과 후에 돌려준다고 할까, 반성의 의미로 과제를 내줄까, 이 학생에게 어떻게 하면 현명하게 내 이야기를 전할 수 있을지 궁리했다.

잔뜩 긴장한 채 교무실까지 온 학생에게 의자를 꺼내어 앉게 했다. 학생만큼 선생님도 긴장 중인 건 아무도 몰랐을 것이다. 우선 수업 시간 중 핸드폰을 건드린 사유가 무엇이냐고 물었다. 혹시 정당한 사유가 있는데 곧장 지도를 하면 학생이 억울할 수도 있기 때문이다.

"그냥 꺼내 봤어요."

학생이 한참 침묵하다가 꺼낸 답이었다. 그래도 큰일이 없다니 다행이었다. 그렇다면 비장의 무기인 대화법을 꺼낼 차례였다. 이 대화법은 신규 교사였을 때부터 사용하던 방법인데 굉장히 단순하지만 효과는 좋다. 우선 사건 당시 학생의 마음을 묻는다. 최대한 공감해 준 다음, 그 행동을 봤을 선생님과 주변 사람들의 마음은 어땠을지 묻는다. 그 이후 어떻게 변화해 나가면 좋을지 같이 생각해 보는 것이다. 언젠가 교육학을 공부하면서 스치듯 본 것 같은데 요긴하게 사용하고 있다.

"핸드폰을 볼 때 어떤 기분이 들었어?"

"어…… 그냥…… 처음엔 시계만 보려고 했는데 연락 온 메시지도 켜 보게 되고, 그러다 보니 계속하게 됐어요. 선생님한테 들켜서 놀라고 민망했어요. 죄송합니다."

당시 기분을 물어봤을 뿐인데, 학생은 핸드폰을 본 이유를 오히려 상세하게 털어놓았다.

"그럼 수업 중간에 핸드폰을 하는 너를 제지하는 선생님의 마음은 어땠을까?"

아이는 차마 대답하지 못했다. 아마 선생님의 마음까지는 생각해 보지 못했을 것이다.

"사실 선생님도 그 순간 수업에 집중할 수가 없었어. 마음을 잡고 수업을 하는 게 힘들었단다. 그럼 선생님 말고 주변 친구들은 어땠을까?"

"저 때문에 수업에 방해가 됐을 것 같아요."

학생은 단순히 핸드폰을 하다가 들킨 것이 속상했을지도 모른다. 하지만 대화를 통해 전체 상황 속에서 본인 행동을 돌아볼 수 있었다. 기억을 더듬어 진지하게 대답하는 학생에게 정말 고마웠다.

"그렇게 생각하는구나. 맞아. 하지만 그렇게 될 줄 알고 핸드폰을 만진 것은 아니었는데 당황스럽지? 그래도 이렇게 솔직하게 말해 주니 고마워. 사람은 실수할 수 있어. 다음에는 같은 행동을 반복하지 않도록 해."

학생은 이미 반성하고 있었다. A4용지와 컴퓨터용 사인펜을 학생에게 건넸다.

"반성의 의미로 선생님과 약속한 것을 적어 보자. 핸드폰은 돌려줄게."

분위기가 풀리는 걸 느꼈는지 학생의 얼굴에는 화색이 돌았다. 이번엔 실수였으니 넘어가고, 다음에 또 안 좋은 영향을 끼쳤을 때 어떻게 할지 같이 고민하기 시작했다. 학생은 그날 하루 동안 학급 친구들을 위해 봉사하겠다고 했다. 물론 감독은 지금 앞에 있는 선생님이었다. 학생은 즐겁다는 듯 미소를 띠며 종이에 글을 써 내려갔다. 선생님 일과에 감독 업무가 추가되지 않게 도와 달라고 농담 반 진담 반 부탁을 했다.

"나 ○○○은 수업 시간 중 방해가 될 경우, 우리 반을 위한 1일 봉사활동을 빡세게 할 것이다."

거침없이 글을 적은 학생에게, 이런 문서에는 날짜와 이름을 적고 서명도 해야 한다고 말해 줬다. 맨 아래쪽에 학생의 이름과 서명, 그 밑에 내 이름과 서명도 적어 넣었다.

쉬는 시간이 끝나는 종이 울렸다. 학생은 꾸벅 인사를 하고 교무실 문을 나섰다. 학생의 뒷모습을 보며 너무 장난식으로 끝낸 건 아닌지 돌아봤다. 그래도 본인의 행동을 한 번 되돌아볼 수 있었다면, 또 그걸로 기분이 상하지 않고 깨달음을 얻었다면 됐지 싶었다. 학생은 수업 시간 중 핸드폰을 만지다가 나와 눈이 마주친 순간부터 수업이 끝날 때까지, 그리고 교무실로 따라 내려오면서까지 이 사태를 어떻게 수습하면 좋을까 이미 스스로 걱정하고 반성했을 것이다. 그리고 종이에 약속을 적는 것도 가볍지만은 않은 일이었을 거라 믿는다.

조회하러 가는 순간부터 나의 바람은 오직 오늘 하루가 무탈하게 지나는 것이다. 교실 안에서는 크고 작은 여러 사건들이 거의 매번 일어난다. 수업 시간에 다른 행동을 하는 학생을 보았을 때 1 대 1 대화를 나누며 지도하기도 하지만, 가끔은 못 본 척 넘어가거나 그 학생만 알아볼 만한 신호를 보내기도 한다. 그것 또한 학생 스스로 깨달음을 얻을 수 있는 피드백이라 여긴다. 같은 행동일지라도 대처 방법은 하나가 아니며, 모두에게 좋은 해결 방안은 애초에 없을지도 모른다. 다만 학생들과 교감하기 위해 노력하며 최대한 원활하게 일을 풀어내고자 할 뿐이다. 학생들의 마음에 공감하는 것, 그리고 그들이 다른 사람의 마음에 공감하도록 도와주는 것이 내 역할이다. 상황에 맞게 움직이되 중심이 흔들리지는 않는, 시의적절한 교육을 할 수 있는 어른이 되고 싶다.

각자의 역할

　담임 선생님과 함께하는 첫 자치 시간에 학급의 회장, 부회장을 선출한다. 학기를 시작하고 조금 이른 시기다 보니 아이들 얼굴과 이름을 매치하는 데도 시간이 좀 걸릴 때다. 한 학기 동안 학급 중심에 서서 운영해 갈 임원을 뽑는 일인데 첫인상 투표인 셈이다. 한 주라도 늦춰 선거를 하고 싶지만 학교에서 정한 일정에 반기를 들 수도 없다.

　"이번 주 자치 시간에는 회장, 부회장 선거가 있을 거야."

　3월 둘째 주 첫 조회 시간에 선거 일정을 공지했다. 당장 모레로 다가온 선거에 아이들의 반발이 있을까 싶어 최대한 당당한 표정과 말투로 전달했다. 아이들의 표정을 조심스레 살펴보니 묵묵히 받아들이는 것 같았다. 역시 소소한 걱정은 담임 선생님의 몫이었다. 아이들 반응에 일희일비하는 터라, 예상과 다른 반응이 나올 때마다 내가 미처 생각하지 못하고 지나친 부분은 없는지 돌아보게 된다. 다시 생각해 보니, 빠른 선거 일정도 좋은 점이 있었다. 서로를 모르는 상황에서 투표하면 오히려 편견 없이 결정할 수 있어서 많은 이에게 기회가 될 수 있을 것이다.

선거가 끝나고, 치열한 투표를 통해 회장, 부회장이 된 학생들은 한숨을 돌렸다. 하지만 회장, 부회장이 아닌 학생들이 오히려 긴장감에 휩싸였다. 이제 한 학기 동안 맡을 1인 1역 부장 선출이 남아 있어서다. 우리 반이 된 이상 학생들은 모두 부장 이상의 직급을 가질 의무가 있다.

선거를 하느라 한껏 달궈진 칠판을 깨끗이 지우고 부장 목록을 적기 시작했다. 학습부장, 판서부장, 환경부장, 출석부장, 미디어부장, 조회부장, 칭찬부장, 이벤트부장, 웰빙부장 등 회장과 부회장을 제외한 부장 역할만 열 개가 훌쩍 넘는다. 어떤 부장을 만들면 좋을지 담임 선생님이 전날까지 고심했다는 건 몰랐을 거다. 칠판에 적힌 부장이 무슨 일을 하는지 설명하는데 학생들의 집중력이 상당했다. 평상시 수업 시간에 보지 못한 눈빛이었다. 만약 아무것도 하기 싫어하는 학생이 있으면 슈퍼맨 역할을 주기로 했다. 언제 어디서든 필요할 때 나타나는 일인데 생각보다 할 일이 많다. 역할 설명이 끝나자마자 종례를 알리는 종소리가 울렸다. 1인 1역까지 모두 정하면 시간이 많이 지체되기에 다음을 기약했다. 아무래도 사랑받는 선생님이 되려면 칼(같이) 종례(하기)는 필수다.

대망의 '부장' 결정일이 찾아왔다. 학생들은 저마다 마음속에 우선순위를 정해 놓은 듯했다. 학생들이 좋아하는 역할은 비슷해서 두 번째 계획도 잘 세워놔야 했다. 친한 친구끼리 같이 하자며 팀을 정해 놓은 학생도 있었다. 회장에게 부탁해 쉬는 시간에 미리 부장명을 판서하도록 했고, 수업 시작을 알리는 종이 울리자마자 부장 선출을 시작했다. 회장, 부회장은 첫 학급 회의를 진행하기도 전에 부장 선출식을 거행하는 진기한 경험을 했다.

부회장은 교탁 위에 놓인 선생님 필통에서 접힌 종이를 하나 펼쳐 보였다. 종이에는 출석번호가 적혀 있었는데 뽑힌 순서대로 하고 싶은 역할을 정할 수 있었다. 물론 먼저 골랐다 해서 부장이 확정되는 것은 아니었다. 경쟁이 심할 경우엔 이 세상에서 가장 공평한 방법인 가위바위보를 할 예정이었다. 그렇지만 출석번호 1번부터 선택권을 주는 건 1번에게도 다른 아이들에게도 부담이 될 것 같아서 급히 제비뽑기 방식을 택했다.

때로는 자신이 맡은 부장 역할에 불만이 생길 수도 있다. 그렇다면 그 합당한 이유를 들어 선생님과 친구들을 설득하면 된다. 2학기 때 한 번 변경할 기회가 주어지는데, 1학기 때 업무가 과중했다면 인원을 늘려 줄 수도 있다. 학급 운영 상황에 따라 2학기 때는 부장이 사라지기도, 새로 생기기도 한다. 최근에는 정원관리부장이 생겼다. 학급비로 교실에 작은 화원을 만들었는데, 그 식물에 물을 주고 햇빛을 보여 주는 일을 했다. 본인의 수첩에 언제 물을 주었는지 메모하는 모습이 흡사 정원사를 보는 것 같았다.

처음 교단에 섰을 때는 학생들이 자기 자리를 청소하게 하는 것도 부담스러웠다. 함부로 무엇을 지시하는 게 거북하기도 했고, 오래 걸리는 일이 아니면 차라리 내가 해버리고 말지 하고 몸을 움직였다. 그런데 졸업생들이 학교에 다시 찾아와서 하는 이야기를 듣고는 내 생각이 어쩌면 잘못되었을 수 있음을 깨달았다.

졸업생들이 떠올리는 학교에는 교과 수업에 대한 내용은 없었다. 그 수업 시간 선생님의 말투와 행동, 그 상황에서 벌어졌던 에피소드만이 남아 있었다. 그리고 직접 학교 행사를 준비하고 마무리하던 날들, 혹여나 실수할까 긴장하며 움직이던 행사들…… 이렇게 직접 경험했던 일들을 생생하게 기억하고 있었고, 지금의 대학 생활, 아르바이트 생활과 학교 일을 연결하며 신나게 말했다. 그렇다면 학교 선생님으로서 내가 해 줄 수 있는 일이 무엇일까? 학생들이 학교 안에서 소소한 일이라도 스스로 할 수 있게 독려하고, 그것이 그들의 성장으로 이어지도록 돕는 것이 아닐까?

부장을 선출해 한 사람당 하나의 역할을 부여하는 것을 '1인 1역'이라 칭한다. 1인 1역이 정해지면 교실 앞 게시판에 각자의 역할이 적힌 게시물이 큼지막하게 붙는다. 회장, 부회장의 이름뿐 아니라 우리 반 전체의 이름이 들어가는 것이다. 교실 앞에 나와 회장, 부회장이 되고 싶다고 당당하게 이야기하는 학생도 멋있지만, 각자의 역할을 충실히 이행하는 부장도 멋있다는 걸 깨닫길 바란다.

학생들이 학교에 등교해 가장 오래 머무는 장소는 교실이다. 이 교실이 인생에서 잠깐 스치듯 지나는 장소가 아니었으면 좋겠다. 각자 부장을 맡아 책임감을 가지고 생활하면 매일이 똑같지 않을 것이다. 약간씩 변화하는 하루를 피부로 느끼며 살아 주었으면 한다.

록
커

 1학기 기말고사가 끝나고 여름방학을 앞둔 무렵, 창의체험부에서 축제를 담당하는 선생님이 교무실에 자주 오셨다. 우리 교무실이 아닌 다른 곳도 자주 가시는 듯했다. 언젠가 쉬는 시간에 선생님 한 분 한 분께 무언가를 말씀하고 계셨다. 그 모습에 괜히 내 심장이 반응했다. 두근두근, 혹시 축제에 참가할 선생님을 모집하는 게 아닌가 싶어 귀를 쫑긋 세웠다. 얇은 파티션으로 나뉜 자리인데 방음 효과는 최고인지, 안타깝게도 아무런 정보도 얻지 못했다. 하지만 곧 선생님이 내 자리로 오셨다. 별 성과가 없었는지 지친 기색으로 물어보셨다.

 "이번 축제 무대에 한번 서 보실래요?"

무심한 듯 컴퓨터를 바라보고 있었지만 이미 눈앞엔 아무것도 보이지 않았다. 꿈틀거리는 내적 흥분을 감추려고 얼마나 애썼는지 모른다. 사실은 얼마 전부터 복도에 붙어 있던 축제 포스터를 보고 참가해 볼까 엄청 고민하고 있었다. 그런데 왠지 바로 긍정의 표시를 하면 안 될 것 같아, 어떻게 대답해야 못 이기는 척 참가할 수 있을까 고민했다.

초중고 합쳐 12년간 학생으로 살며 바라본 선생님들은 모두 차분한 어른이었다. 그들은 늘 한결같았다. 놀라울 정도로 매사에 차분하고 침착했다. 또 규칙적이기도 했다. 평소에는 시간표대로 교실에 들어가 수업을 하고, 쉬는 시간에는 교무실 자리에 앉았다. 등교 시간에는 조회를 하고, 하교 시간에는 종례를 했으며, 1년간 반복되는 틀에 맞춰 학생들을 대했다. 마치 감정 없는 로봇 같기도 했다. 평범한 일과뿐 아니라 행사가 있는 날에도 그날이 특별하지 않은 듯 대수롭지 않게 행동했다.

어른이 되면, 아니 선생님이 되면 다 그렇게 되는 줄 알았다. 그런데 막상 '선생님'이라는 직함이 생겼는데도 나는 바뀌지 않았다. 여전히 축제나 체육대회 전날은 설렘을 안고 잠드는 고등학생 모드였다. 아직 선생님의 모습을 갖추지 못했는데 이미 교무실엔 내 자리가 있었고, 복도에 나가면 학생들이 나에게 인사를 했다. 혹시 세상이 바뀐 것인가 싶어 주변을 돌아보니 다른 선생님들은 상상 속 '어른'의 모습을 하고 있었다. 그들과 어울리는 동료가 되기 위해 가끔은 연기를 해야만 했다. 예를 들면, 학생이 갑작스럽게 나도 모르는 내용을 질문하더라도 태연하게 다음 시간에 알려 주겠다고 대답하는 것이다. 그리고 태풍이 심하게 불어서 휴교를 하는 날에는 (나도 이렇게 될 줄 몰랐지만) 학생들에게 침착하게 안내해 주었다.

하지만 도저히 연기가 안 될 때가 있었는데, 관심 받고 싶은 욕망을 참는 일이었다. 큰 교무실에는 방송 장치가 있는데, 교무부장 선생님이 가끔씩 전교생을 대상으로 안내 방송을 한다. 실은 그때마다 내가 직접 방송하고 싶은 마음이 굴뚝같아 엉덩이를 몇 번이고 떼었다 붙였다. 그런데 축제라는 거대한 행사를 목전에 두고 어찌 가만히 있을까. 노래를 잘하거나 화려한 춤을 출 줄 아는 것도 아니지만 축제 무대에는 서고 싶었다. 괜히 나서서 '선생님 연기'의 흐름을 깨고 싶지 않기도 했지만, 기회를 놓치면 후회할 것 같았다.

"저, 해 볼래요!"

축제 담당 선생님의 얼굴에 화색이 돌았다. 축제에는 TV 프로그램 〈복면가왕〉을 패러디한 특별 무대가 있었다. 복면으로 얼굴을 가리고 노래만으로 상대방과 맞대결하는 것이다. 내가 언제 복면을 쓰고 노래를 불러 보겠는가. 노래를 잘하진 못해도 얼굴을 가려 준다는데 두려울 것이 없었다.

참가 의사를 밝히고 얼마 후, 귀여운 개구리 복면을 받았다. 학생회 아이들이 한 땀 한 땀 열심히 만들었다고 생각하니 더 애정이 갔다. 한번은 리허설을 위해 참가자들이 모두 모였다. 학생과 선생님 비율이 약 7 대 3 정도 됐다. 한 명씩 돌아가며 노래를 불렀는데, 다들 엄청난 실력파여서 내 차례가 된 순간 마이크를 잡은 손이 덜덜 떨렸다. 축제 당일에는 어떻게 무대에 설지 눈앞이 캄캄했지만 후회는 없었다.

축제를 기다리는 학생이 된 듯 하루하루 디데이를 세어 가며 출퇴근을 했다. 긴장 반 설렘 반으로 학교에 있으니 이전과 다른 일과를 살아가는 것 같았다. 정말 즐거웠던 건 '복면가왕'에 출연하는 걸 비밀로 하는 일이었다. 보안 유지가 필요한 짜릿한 프로젝트였다. 한번은 교실에서 학생들이 내게 보고하듯이 이야기했다.

"선생님! 누구누구 복면가왕 나간대요!!"

학생들의 말에 놀란 표정을 지으며 반응했는데, 그간 선생님 연기를 해와서인지 이 정도 놀란 척은 식은 죽 먹기였다. 나의 정체를 절대 들키지 않으리라 의지를 굳게 다졌다.

축제 당일이 되었다. 오전에는 각 학급, 동아리에서 만든 부스에서 행사를 진행했다. 그간 보지 못했던 학생들의 끼에 감탄했다. 오후에는 전교생이 강당에 모여 공연을 감상했다. 무대가 어느 정도 진행되고 열기가 뜨거워질 때쯤 '복면가왕'이 시작될 예정이었다. 복면가왕 프로그램은 1차전과 2차전으로 구분됐다. 1차전에서는 두 명씩 짝을 지어 듀엣곡을 부르고 전교생들이 SNS 투표로 승자를 선택한다. 1차전의 승자들끼리 모여 2차전을 치르고 최종 1, 2, 3위를 가리는 것이다. 시간이 흘러 복면가왕 참가자들이 무대 뒤편에 모였고, 자기 가면을 쓰고 대기했다.

1차전엔 닭 복면을 쓴 남학생과 만났다. 아이유, 임슬옹의 〈잔소리〉라는 노래를 불렀는데 상대 학생이 노래를 정말 잘했다. 처음엔 '삑사리'만 내지 않는 게 나의 목표였는데 1절이 끝나니까 승부욕이 솟았다. 현재 선생님이라는 본분은 잊은 채 젖 먹던 힘을 다해 2절을 불렀다. 닭을 이겨 보겠다고 개구리가 점점 열과 성을 다하는 모습이었다. 결국 두 표 차이로 아슬아슬하게 이겼지만, 학생을 상대로 승리를 거머쥔 민망함이 뒤늦게 몰려왔다. 오히려 학생이 나를 향해 엄지손가락을 치켜세우고 박수도 쳐 줬다. 너무 부끄러워 아무 말도 하지 못하고 웃음으로 응할 뿐이었다.

2차전 솔로 무대에 올라서는 서태지와 아이들의 〈교실 이데아〉라는 노래를 불렀다. 내 세대의 곡은 아니었지만, 가사가 강렬하게 와닿아서 중학교 때 한창 들었던 곡이었다. 하지만 선생님이 강당에서 전교생을 상대로 부를 만한 노래는 아니었다. 조그만 교실에 학생들을 밀어 넣고 오로지 대학 입시 위주의 교육을 한다는 비판적인 가사가 가득한 노래였으니까 말이다.

그렇게 전교에 록 음악이 울려 퍼졌다. 개구리 가면을 쓴 사람이 무대에서 스피커 위에 발도 올리며 목소리를 찢기 시작했다. 마치 록커가 된 듯 노래를 불렀고, 학생들은 진귀한 광경에 엄청난 환호를 보냈다.

공연이 끝날 때마다 학생들이 SNS로 열정적으로 투표했고, 개구리는 최종 3위의 성적을 얻었다. 마침내 출연자들이 모두 모여 가면을 벗었는데, 개구리 복면을 떠나보내려니 아쉽기까지 했다. 내가 개구리에서 탈출하는 순간, 학생들은 놀란 표정을 감추지 못하며 강당이 떠나갈 듯 소리를 질렀다. 막상 가면을 벗고는 정자세로 서 있기가 부끄러울 정도였는데, 아이들의 표정을 보니 한편으로 뿌듯하기도 했다. 그런데 순간 저 멀리 선생님들이 다 같이 앉아 있는 것을 발견했다. 교장 선생님, 교감 선생님도 맨 앞에 앉아 계셨다. 전교생 앞에서 파격적인 노래를 불러 눈초리를 주시지 않을까 몸이 얼어붙는 기분이었다.

뒷정리를 마치고 교무실 문을 조심히 열었다. 조용히 자리에 앉으려는데 여러 선생님이 달려오셨다. 잔뜩 긴장한 내게 한 선생님이 흥분한 어투로 말씀하셨다.

"선생님이 서태지와 아이들 노래를 어떻게 알아요? 나 옛날 생각나서 눈물 날 뻔했잖아."

그 말씀을 하시는 선생님과 그 옆에 계신 선생님들의 눈빛을 보는 순간 가슴속에서 뜨거운 무언가가 느껴졌다. 그 눈빛은 교실에 있는 학생들의 것과 다르지 않았다. 흥미로운 것을 찾아낸 듯 호기심 가득한 그런 눈빛이었다. 너무나 완벽한 어른이라 느꼈던 분들에게서 그런 모습을 보니 설명할 수 없는 묘한 감정이 들었다. 선생님들도 학창 시절의 추억이 있고, 그 기억을 안고 살아가는, 가슴이 뜨거운 사람들이었다. 모두가 각자의 개성과 감정이 있는 사람이었는데, 왜 그런 모습을 지금껏 알지 못했을까 의아했다. 그들은 자신의 역할에 충실했을 뿐인데 오히려 억지로 가면을 쓰며 자신을 숨겨 온 건 나였다. 이상적인 선생님이 되기 위해 나를 바꿔 가며 정해진 틀에 욱여넣을 필요가 없다는 것을 알게 된 순간이었다.

축제 이후 한동안은 복도를 지날 때마다 환호하는 학생을 심심치 않게 만났다. 아이들은 무대에서 록커가 된 선생님이 신기했을 것이다. 개구리 가면을 쓴 덕분에 개구리 선생님이라는 별명도 생겼다. 무대를 본 1학년 학생들은 3학년이 될 때까지 잊을 만하면 복면가왕 이야기를 꺼냈다. 학생들이 내게 관심을 보여 주는 것이 좋았고, 나는 그것을 마음껏 즐겼다. 그리고 앞으로도 이렇게 선생님다운 내가 아니라 '나'다운 선생님으로 살기로 마음먹었다.

학교 그림

느려지고 버벅거리기 시작한 핸드폰. 안 되겠다 싶어 새 핸드폰을 구매하기로 마음먹고 날을 잡아 데이터를 정리했다. 요즘은 새로 산 핸드폰에 데이터를 쉽게 옮길 수 있지만, 다시 새로운 마음으로 버릴 건 버리자는 마음에서였다. 앱을 확인하고 삭제하는 일은 예상보다 금방 끝났다. 그런데 문제는 사진이었다. 사진을 분류하려니 시간이 빠르게 흐르기 시작했다. 내가 오래 응시한 사진들은 모두 학교에서 촬영한 것이었다. 오랜만에 보는 아이들, 어느새 나이가 들었는지 사진 속 꽤 상큼했던 나의 모습을 보느라 시간 가는 줄 몰랐다. 언제 이런 사진들을 촬영했는지, 사진만 봐도 그날의 기억이 비디오로 재생되는 듯 생생했다.

사진을 웹 드라이브로 옮기려다 보니, 이렇게 옮겨 두면 평생 한 번은 다시 볼까 하는 생각이 들었다. 스마트폰으로 언제든 손쉽게 촬영할 수 있는 것은 큰 장점이지만, 한편으로는 사진 한 장 한 장의 가치가 떨어지는 것 같아 아쉬웠다. 사진을 인화해서 사진첩을 만들어 둘까 하다가, 그 장면을 더욱 깊게 내 기억 속에 넣는 방법이 떠올랐다. 바로 그림을 그리는 것이었다. 1인칭 시점에서 보고 느낀 학교를 기억하고 내 교직 생활을 글로 적고 싶었다. 태블릿PC가 있어서 전자적으로 그림을 그릴 수도 있었지만, 왠지 직접 연필로 그리고 물감으로 색칠하고 싶었다. 삐끗하면 다시 그려야 하는 아날로그식의 투박함이 그리웠기 때문이다.

다짐하기 무섭게 인터넷 쇼핑몰 장바구니에 수채화 물감, 붓, 연필, 도화지가 채워졌다. 진지하게 그림을 그려 본 경험은 적었지만 왠지 자신감이 있었다. 유튜브에서 수채화를 그리는 사람들의 영상을 몇 개 시청했고, 그림의 소재가 될 사진들을 정리했다. 이미 새로운 핸드폰을 알아보는 일과는 멀어진 상태였다. 잠시 버벅거리는 핸드폰을 갖고 있어도, 그것 나름대로 매력 있다고 생각했다. 부디 방전되지만 않기를 바라면서 말이다.

얼마 후 배송 메시지를 보자마자 현관문으로 달려 나갔다. 박스를 뜯어 가장 먼저 확인한 것은 그림을 그릴 종이였다. 수채화 물감을 사용하려면 물에 젖어도 빳빳함을 유지할 종이여야 했다. 가장 먼저 그리고 싶었던 사진을 열고 책상에 앉아 가만히 스케치를 시작했다. 그림을 전문적으로 그리는 사람이 아니니까 최대한 빠르고 쉽게 그리는 방법으로 그렸다. 얼굴선과 손가락에 집중하지 않고 그 배경과 나의 모습을 그리는 데 집중했다.

처음 그린 그림은 교생 실습 때 촬영한 단체 사진이었다. 어찌 보면 교직에 입성하는 첫 발걸음이었다. 처음 만난 학생들이라 이름은 가물가물해도 얼굴은 생생히 기억났다. 학생이 많이 등장해서 그리기가 수월하지 않았지만, 그들을 모델로 해서 그리다 보니 마치 과거의 그들과, 과거의 나와 대화하는 것 같은 묘한 기분이 들었다. 그림을 다 그리고 나서는 그리면서 들었던 생각, 그때 있었던 일을 글로 적었다. '그림 에세이'라는 걸 처음 작성해 본 것이다. 그다음으로 교직을 처음 시작했을 때 시간표를 받았던 일, 내 자리가 처음 생겼던 일을 떠올리며 신규 교사 시절의 모습을 그렸다. 어쩌면 지금은 없을 그 당시의 풋풋한 생각과 다짐이 떠올랐다. 의도치 않게 초심이 떠올라 혼자 풋 하고 웃었다. 학교의 주인은 학생이다. 하지만 내 인생의 주인공은 나니까, 학교의 주인과 함께 겪는 일과를 내 시점에서 최대한 남기고자 했다.

신기하게도 그림을 그릴수록 마음에 평안이 찾아왔다. 잘 그려지지 않아 새로운 종이에 같은 그림을 다시 그릴 때면 짜증이 나기도 했지만, 완성된 그림을 보면 굉장히 뿌듯했다. 내가 보기에도 나쁘지 않은 것 같아서 주변 사람들에게 완성작을 보여 주었는데 예상보다 반응이 좋았다. 미술을 언제 배웠냐며 잘 그렸다고 칭찬해 주었다. 칭찬에 힘입어 SNS에 게시해 보기로 했다. 평상시 인스타그램에 일상 사진을 올리곤 하는데 그곳에 업로드할까 하다가 아예 새로운 아이디를 하나 더 만들었다. 아이디 자체에 'drawing'이라는 단어를 적었는데, 계정을 만들고 나니 조금 민망했다. 그래도 분명히 내 그림에 공감하고 또 나처럼 평안을 얻는 사람이 있으리라 기대했다.

그림만 업로드하면 허전할 것 같아서 완성작은 PC로 스캔한 후 편집 과정을 거쳤다. 그림과 관련한 글을 두 줄 정도 아래에 달아 SNS에 업로드했다. 그림에 대한 설명이 담긴 글을 게시글에 적었고, 가끔은 채색하는 장면도 영상으로 촬영해 올렸다. SNS에 업로드하니 그림을 연재하는 그림 작가가 되었다. 그림만 주로 올리는 계정을 개설하니 또 다른 그림을 그리는 사람과 서로 팔로우하는 일이 잦았다. 이 세상엔 그림을 잘 그리는 사람이 많았고, 다른 일을 하면서 그림을 취미로 하는 사람, 또 그 그림을 가지고 수익을 창출하는 사람도 쉽게 볼 수 있었다.

내 그림과 글을 보고 본인의 기억을 끄집어내어 댓글을 달고 가는 이도 있었고, 게시글마다 수줍게 '좋아요'를 누르고 가는 이도 있었다. 나만의 기억으로 두었던 일들을 많은 사람들과 공유하게 된 것이다. 그리고 이 그림은 내게 또 다른 기회를 주었다. 그림 에세이로 쓴 글을 모아 출판사 문을 두드렸는데 감사하게도 출판 계약에까지 이르게 된 것이다.

여전히 내 핸드폰에는 그리고 써서 기억할 사진들이 많다. 그리고 지금도 현재진행형으로 추억을 쌓고 있어서, 나의 SNS 그림 계정에 연재할 소재는 넘쳐 난다. 학교에서 새로운 활동이라도 할라치면 또 새롭게 기억할 일이 생겨서 신난다. 그림을 그리며 사진 속 내 얼굴이 더 밝아졌고, 하루하루가 더 소중해졌다. 학교의 정규 학기를 보내는 시기에는 그림보다는 다른 데 집중하지만, 방학 기간에는 틈을 내어 그림을 그리려고 한다. 그림과 글로 세상과 소통하는 일, 이렇게 내가 할 수 있는 또 하나의 새로운 일을 얻었다.

3

나의 마음을 다해
하는 일

교생 실습

"선생님! 이번에 교생 선생님 오신다면서요!!"

한 학생의 목소리에 학급 전체가 달아올랐다. 역시나 학교에서 가장 빠른 것은 학생들의 소문이었다. 도대체 어디서 소식을 들었는지 모르겠다. 아직 교생 선생님이 실습하려면 일정이 2주 정도 남았고, 그들을 지도할 담당 선생님이 배정도 되지 않은 상태였다. 그런데도 아이들 사이에서는 교생 선생님이 몇 분 오신다는 둥, 무슨 과목이라는 둥 벌써 근거 없는 소문이 떠돌았다. 다음 질문은 뻔하다.

"남자 선생님이에요? 여자 선생님이에요?"

신기하게도 매년 똑같은 질문이다. 여학생이라면 남자 선생님을, 남학생이라면 여자 선생님이 오시길 희망한다. 나의 답변에 따라 아이들의 희비가 갈린다. 같은 성별이라고 밝히면 '아~' 하고 짧은 탄성을 내는 모습으로 마무리하는 것까지 매년 반복된다. 어떤 선생님이 오든 마음껏 사랑해 드릴 거면서 괜히 그러는 모습이다. 교생 선생님, 교육실습생이 선생님이 되는 이 시기는 이렇게 설렘이 오간다.

얼마 후 교생 선생님들이 학교에 등장했다. 학교에 처음 방문한 사람이더라도 누가 교생 선생님인지 단번에 알아맞힐 수 있었다. 머리끝부터 발끝까지 단정한 정장 차림에, 긴장한 티가 역력한데도 미소를 띠고 있었다. 학생들은 교생 선생님과 복도에서 마주칠 때마다 몰래 훔쳐보듯 힐끗힐끗 쳐다보며 수줍은 듯 친구들과 웅성거리기 바빴다. 아마 아이들은 교생 선생님도 얼음 상태라는 걸 모를 것이다. 교생 선생님들은 학교의 한 공간에 마련해 둔 교생 실습실에 다 같이 모여 앉아 동거동락하며 짧은 듯 긴 시간을 보낼 것이다.

나는 교생 시절에 인연을 맺은 선생님들과 지금도 연락하며 잘 지내고 있다. 실습을 하던 당시는 진로를 고민하며 불분명한 앞날을 걱정하던 시기였던 만큼 함께 있어 주는 것만으로도 힘이 되었다. 서로에게 긍정적인 영향을 준 덕분인지 교생 실습을 함께한 사람 중 교단에 입성하기로 결정한 사람도 나를 포함해 절반이나 되었다. 이번에 오신 교생 선생님들도 오래도록 잘 지냈으면 좋겠다.

급식을 먹고 있는데 교생 선생님들이 식당에 들어왔다. 식판을 들고 배식을 받기 위해 쪼르르 섰다. 저분들 중에 내가 담당하는 선생님이 계실 텐데 어떤 분일지 궁금했다. 갑자기 우리 학교의 영양사 선생님 모드가 되어, 그들이 급식을 맛있게 먹기를 바랐다. 그러던 중 내 맞은편에 앉아서 식사하던 부서 선생님께서 한마디 하셨다.

"너무 부럽지 않나요? 저 젊음이."

선생님의 말씀을 듣고 보니, 저들에겐 특유의 빛이 따라다니는 듯 보였다. 교생 실습생은 봄에 잠시 볼 수 있어 더 예쁘고 또 아쉬운 벚꽃 같은 이미지다. 이미 학교에 익숙해질 대로 익숙해진 선생님들 사이에 특별한 존재가 등장한 느낌이랄까. 교생 선생님들은 대부분 대학교 마지막 학년을 보내고 있을 것이다. 대학교에선 맏이라서 본인들이 이렇게 파릇파릇하고 보기만 해도 미소가 지어지는 존재란 걸 자각하지 못할지도 모른다.

교생 선생님들을 보며 나의 실습생 시절이 많이 떠올랐다. 나는 애초에 선생님을 업으로 삼으려 한 건 아니었지만, 교생 실습을 꼭 해 보고 싶어서 교직을 이수했다. 교생 실습이야말로 대학생일 때 누릴 수 있는 특권이라 생각했기 때문이었다. 그런데 실제로 교생 실습을 하며 교직에 서기로 마음먹게 되었다. 실습생으로 보낸 한 달은 매일매일 소중한 이벤트 같았다. 그때의 나도 저 앞에 계신 선생님들처럼 빛이 났을까.

교생 실습생 시절, 실습을 위해 학교에 비용을 지급해야 한다는 사실을 알고는 굉장히 놀랐다. 실습을 나가서 학교 수업도 하는 등 나름 일을 하는 건데 수당을 받지는 못할망정 비용을 지급해야 하다니 의아했다. 하지만 교사의 입장이 되어 보니 교생 실습생을 지도하는 게 부가적인 업무임을 알았다. 학생을 지도하고 독려하듯이 실습생 선생님들도 이끌어 가야 했다. 역시 모든 상황은 겪어 봐야 알 수 있다. 한 달여간 교생 선생님을 지도하고 받는 수당은 소소한 정도지만, 담당 선생님에겐 작은 선물이 될 것이다. 학기 초 정신 없는 와중에 교생 선생님과 함께한다는 것이 부담스러운 일일 수도 있지만, 나는 항상 참여하고 싶다는 의지를 밝혔다. 그럴 때면 교생 실습 담당 선생님이 무척이나 고마워하셨다. 하지만 교생 선생님들을 보면서 다시 한 번 초심을 다질 수 있기에 오히려 내 입장에서 감사한 일이었다.

교생 선생님이 출근한 지 3일 정도가 흘렀을 때 내가 지도할 선생님이 교무실로 찾아오셨다. 담임 지도와 교과 지도에 대해 가볍게 안내한 후 일정을 조율했다. 어려움이 덜하도록 최대한 차근차근 설명했다. 실습 기간 동안 나와도 어느 정도 친근감이 생길 터였다. 부디 나의 무한 관심을 부담스러워하지 않기를.

교생 선생님들은 우리 반 학생 모두를 대상으로 상담을 진행했다. 아이들은 교생 선생님 앞에서 거리낌 없이 자신을 드러냈다. 어쩌면 나보다 좀 더 세대가 가까워서 편했을 수도 있다. 교생 선생님께서 상담일지를 보여 주며 학생에 대해 이야기하는데, 왠지 학생들은 담임 선생님인 나보다 교생 선생님과 더 친해진 것 같았다. 절대 부럽거나 질투가 난 건 아니다. 아이들은 교생 선생님이 너무 멋있어 보일 테고, 그의 말 한마디에도 감명을 받을 것이다. 교생 선생님도 아이들도 서로에게 힘을 주는 시간이었길 바랄 뿐이다.

교생 선생님이 있는 동안엔 내 수업에 더욱 애를 쓰게 된다. 교실 뒤에 서서 내 수업을 참관하기 때문에 마치 임용시험에서 수업 실연을 시험 보듯 최선을 다해 수업을 했다. 그래야 교생 선생님이 수업할 때도 당당하게 피드백을 할 수 있을 것 같았다. 교생 선생님이 수업을 맡아 하기 전에 아이들에게 단단히 일러두었다. 내가 교직에 들어오기로 결심한 계기가 교생 실습이었다고, 누군가의 특별한 경험에 너희가 함께하는 거라고 말이다.

　교생 실습이 막바지에 다다를수록 교생 선생님과 학생들 사이는 끈끈해졌다. 교생 선생님과의 이별을 앞두고 파티를 준비하는 학생들을 보며, 또 교생 선생님과 단체 사진을 촬영하고자 내 카메라 렌즈 안에 들어와 있는 걸 보며 나도 모르게 엄마 미소가 지어졌다. 과거 실습에 몰두하느라 담당 선생님의 마음은 생각지도 못했는데, 이런 마음이었을까. 돌이켜 보면 학급 담당 선생님, 교과 담당 선생님 모두 나를 보며 흡족한 미소를 보이셨던 것도 같다. 세대 교체가 두렵기보단 그 자체로 아름답다는 생각이 든다. 나도 그새 선생님으로서 조금은 마음이 넓어진 걸까, 성숙해진 걸까. 교생 선생님의 실습 마지막 날을 하루 앞두고 학교 근처 카페에 가서 커피를 한 잔 사 드렸다. 학교 밖에 나와 이런저런 이야기를 나누니까 느낌이 색달랐다. 교생 선생님이 추후 어떤 진로를 택할지 알 수 없지만, 평생 살아가며 교생 실습 기간을 떠올렸을 때 참 좋았다고 기억해 주었으면 좋겠다.

　1년 가까이 흐른 뒤 교생 선생님 중 몇 분이 선생님이 되었다는 소식을 들었다. 짧은 만남이었지만 내가 어느 정도 기운을 드린 건 아닐까 혼자 뿌듯해했다. 진심으로 축하 인사를 보냈다. 그분들도 이젠 새로운 교생 선생님을 만나 본인의 교생 시절을 추억하며 예비 선생님들에게 힘을 주는 존재가 되어 주리라.

영어 단어 시험

　교무실 책상에 놓인 교무일지와 4색 볼펜을 챙겨서 종례가 끝난 교실로 향했다. 교실 앞문에 있는 작은 창으로 슬쩍 교실 안을 보니 모든 의자가 책상 위에 거꾸로 올려져 있었다. 내일 조회 때 청소 당번을 칭찬해 줘야겠다 생각하며 교실로 들어섰다. 교탁 근처 책걸상 4세트의 의자는 내려져 있었고, 그중 한 자리에 학생이 뻘쭘하게 앉아 있었다. 종례 후 상담하기로 미리 약속한 학생이었다.

　학생이 먼저 다가와 상담을 요청하면 긴장이 된다. 평소에 수업이 없더라도 몇 번씩 교실에 찾아가 아이들과 대화하며 반 분위기를 잘 파악하고 있다고 스스로 자부하기에 더욱 그랬다. 상담을 요청한 이유가 혹시 내가 모르는 교실 내의 불화 때문은 아닐지, 평상시에 말을 꺼내기조차 어려운 집안 사정이 생긴 것은 아닌지 온갖 걱정이 꼬리를 물었다. 이번 상담은 월요일 조회가 끝나자마자 한 학생이 교탁으로 조심스레 다가와 요청해 온 것이었다. 수요일 종례 후에 상담이 가능한지 날짜까지 정확히 지정해 물어오는데 일정이 있더라도 취소하고 상담을 해야 할 것 같았다. 그리하여 시작된 상담은 거꾸로 뻗어 있는 의자들 사이에서 비밀스레 이루어졌다. 학생이 용기 내어 말을 꺼냈다.

"선생님, 영어 공부가 잘 안 돼서 답답해요."

무슨 말을 듣더라도 감정의 동요를 최대한 숨기자고 다짐했는데, 예상과 거리가 먼 고민거리를 듣자 그만 미소가 새어 나왔다. 학업 고민도 당연히 어깨가 무거울 일이었다. 하지만 담임 선생님 입장에서는 '예상이 가능한' 고민이 학생 입에서 나온 것만으로도 안심이 되는 일이었다. 학생에게 보인 표정은 안도의 미소가 아니라 공감의 미소인 것처럼 자연스레 상담을 이어 나갔다. 학생은 남들보다 뒤늦게 수능을 준비하기 시작했는데 도저히 영어 공부에 진전이 없다고 했다. 답답한 마음에 담임 선생님과 이야기하며 조언을 듣고 싶다고 했다. 비밀스러운 공간 탓이었는지, 학생다운 고민 덕이었는지, 그 학생을 어떻게든 도와줘야겠다는 생각으로 가득했다. 무엇이든 해 주고 싶었다. 그래서 해결방법을 찾아 도와주겠다고 단언해 버렸다. 학생과 약속을 할 때 얼마나 신중해야 하는지 잠시 잊어버린 채.

내가 힘겹게 영어 공부를 했던 시절이 겹쳐져 그랬을지도 모른다. 나는 고등학생 시절에 영어 성적이 높지도 낮지도 않았다. 영어 공부를 해야 한다는 경각심도 들지 않았다. 혹시나 영어를 해야 할 일이 생기면 금방 유창하게 할 수 있으리란 근거 없는 자신감도 있었다. 대학생이 되고 원어민 강의를 수강해 보니 나의 영어 실력은 형편없었다. 영어 발표인데도 우리말을 쓰듯이 유창하게 발표하는 대학 동기들의 모습을 보며 얼마나 위축되던지 아직도 그 기억이 생생하다. 결국 휴학을 하고 영어 공부에 전념했다.

영어 공부를 하며 많은 시행착오를 겪었고 목표를 달성하기까지 숱한 좌절을 경험했다. 시행착오는 나 한 명으로 족했다. 적어도 우리 반 학생들에겐 그 시행착오를 조금 줄여 줄 수도 있지 않을까.

학생과 상담한 그날, 학교를 나서자마자 집 근처 서점으로 향했다. 선생님이 되고부터는 영어란 여행 갈 때나 간간이 쓰는 언어일 뿐이었다. 당장 영어 공부를 도와주려니 어디서부터 시작해야 할지 막막했다. 일단 서점의 힘을 빌리기로 했다. 영어 서적 코너에 도착하니 전시 매대에 과거에 공부했던 문제집이 개정판으로 계속 출판되어 올려져 있었다. 그 옆으로 신중하게 문제집을 고르는 학생들이 몇몇 서 있었다. 지금도 치열하게 살고 있지만 과거의 나도 참 열심히 살았구나 새삼 느꼈다. 과거에 열심히 공부한 나 자신을 칭찬하며 영어 단어책 하나를 집어 들었다.

다음 날 조회 시간에 우리 반만의 영어교실을 시작하겠다고 공표했다. 비밀리에 한 명만 도와주기엔 형평성에 어긋날 수 있다고 생각해서, 상담했던 아이와 합의한 내용이었다.

"내일부터 종례 끝나고 영어 단어 시험을 치를 거야. 지금은 한 명이 함께하는데, 혹시 하고 싶은 사람이 있으면 교무실로 오렴."

1교시 후 쉬는 시간에 두 명의 학생이 영어 공부를 함께하고 싶다며 찾아왔다. 2교시 후에도 두 명, 점심시간에도 몇 명이 찾아왔다. 생각보다 규모가 커지고 있었다. 교실에서 어떤 이야기가 오가는지는 모르겠지만, 분명 아이들의 열정을 돋우는 긍정적인 바람이 부는 듯했다. 종례 시간 전, 영어 공부를 희망하는 학생 수에 맞춰 단어 목록을 프린트했다. 종례 때 나뉘 준 프린트를 토대로 다음 날 시험을 보는 방식이었다.

영어 단어 시험 첫날, 미리 녹음해 둔 영어 발음 파일을 재생했다. 그 소리에 맞춰 알맞은 단어를 적게 했다. 스펠링만 보고 외우기보단 어떻게 발음이 되는지까지 자연스레 익히길 바라는 마음에서였다. 첫날은 일곱 명 정도의 학생이 참여했는데, 일주일 만에 열 명이 넘는 학생이 참여를 희망했다. 우리반 인원의 과반수를 훨씬 넘는 수였다. 영어 단어는 30개씩 시험을 봤고 그 자리에서 바로 채점을 했다. 어느 정도 성취했는지 아이들 사이를 돌아다니며 확인했는데 보통은 25개 이상 다 맞혔다. 우리 반은 종례가 오기 전 쉬는 시간이면 아이들끼리 모여 단어 시험을 준비하느라 바빴다. 다른 교과 선생님들이 이 광경에 놀라서 나에게도 아이들에게도 영어 공부를 왜 하고 있는지를 묻곤 하셨다. 우리 반 친구와 집에 함께 가려고 종례가 끝날 때마다 찾아오는 다른 반 학생들도 있었는데, 그들도 영어 시험장 안에 들어와 앉아 있기도 했다. 우리 반뿐만 아니라 다른 반에도 전파되는 열정적인 학업 분위기에 내심 뿌듯했다.

어느덧 한 달이라는 시간이 지났고, 여전히 우리 반은 종례 후 단어 시험을 치렀다. 그런데 학생들 분위기가 이전과 사뭇 달랐다. 사정이 있어 단어 시험을 못 보고 집에 가야 한다는 아이도 생겨났고, 시험에서 절반도 못 맞히는 학생도 많았다. 심지어 처음 영어 공부를 도와 달라던 학생마저 영 성적이 좋지 않았다. 나 역시도 차츰 지쳐 갔다. 영어 단어 시험 준비가 수업 준비보다도 부담스러웠고, 퇴근이 매번 늦어지다 보니 차가 더 막혀 집에 늦게 귀가하는 날이 잦았다. 가끔 학교 행사가 있어 단어 시험을 못 보게 되면 아이들도 나도 은근히 기뻐했다.

영어 단어 시험으로 인해 피곤함이 겹겹이 쌓이던 어느 날이었다. 서너 명의 학생을 제외하고는 모두 시험 준비를 안 했는지 시험지가 거의 백지였다. 분명히 노력하면 할 수 있는데 하지 않았다는 사실에 화가 났다. 아니, 사실은 나도 힘든데 그 수고로움을 몰라 줬다는 게 서운했다. 도대체 무엇을 위해 이 일을 하고 있는지 허무한 나머지 아이들에게 목소리를 높이고 말았다.

"얘들아, 정말 너무한다. 선생님이 이 시험을 준비하는 진심을 알아주면 안 되겠니?"

어린애처럼 떼를 부렸다. 그러고는 채점도 다 마치지 않은 채 교실 문을 박차고 나왔다. 아이들 시험지에 빨간 장대비가 마구마구 내리는 광경을 더 이상 볼 수 없었다. 좋은 마음으로 시작했는데 왜 이런 상황이 됐는지 속상했다. 차라리 아무것도 하지 않고 가만히 있었다면 아무 일도 일어나지 않았을 텐데 하는 생각마저 들었다. 그리고 무엇보다 학생을 상대로 무언가를 하기로 마음먹었다면 적어도 나부터 무너지는 모습을 보이면 안 됐다. 후회가 밀려왔다. 유난히 긴 밤이었다.

　　화를 낸 다음 날, 조회 시간에 발걸음이 상당히 무거웠다. 무게를 계속 잡을 것인지, 혹은 아무 일도 없었다는 듯 행동할지 선택해야 했다. 후자를 택하고는 조회 안내 사항 끝에 단어 시험 휴강을 공지했다. 잠시 휴식기가 필요했다. 나와 학생들 사이에 은근한 어색함이 흘렀다.

　　휴식기를 보낸 후, 이왕 시작한 거 목표치는 해내자는 생각에 단어집 한 권이 다 끝나도록 영어 단어 시험을 치렀다. 아이들도 곧잘 해내는 모습이었다. 길다면 길었던 세 달간의 영어 단어 시험이 끝났다. 단어 시험을 습관처럼 진행했던 나날들이 가물가물해질 무렵이었다. 학습과 관련된 예산 신청 공고가 있어 얼른 신청을 했다. 그리고 예산을 받자마자 단어 시험을 함께 준비했던 아이들의 수만큼 영어 단어집을 구매했다. 약간 두꺼운 볼펜을 들어 단어집 첫 장을 넘겼다. 그러곤 한 학생에게 메시지를 적었다. 그렇게 두 번째 책, 세 번째 책…… 마지막 책까지 메시지를 적었다. 학생에 따라 그에 걸맞은 응원의 말, 격려의 말이 막힘없이 나왔다.

학생들에게 단어집을 한 권씩 나눠 주며 내게 남았던 마음의 짐을 털어 내려고 애썼다. "단어집을 한 바퀴 돌렸다고 내 단어가 되지 않는다", "꾸준히 해야 한다"라며 끝까지 잔소리를 했다. 꾸준해야 한다는 그 잔소리는 내게 하는 꾸지람이기도 했다. 아이들의 시행착오를 줄여 주겠다는 처음의 포부는 결국 나에게 새로운 시행착오로 다가왔다. '앞으로는 학생과의 약속에 더욱 신중을 기할 것이고, 체계적으로 시스템을 구성할 것이며……' 하고 되뇌었다. 하지만 아무리 구체적인 계획을 세워도 예상치 못한 난관을 또 만나고 말겠지.

에라 모르겠다. 그냥 이대로 살아 보련다. 무언가 생각처럼 안 되더라도, 선생님의 진심을 마음속 깊이 받아 주는 학생들이 있으니까 어떻게든 흘러가리라 믿으며.

장학금

선생님이 되고 나서야 알게 된 것이 있다. 학교 안에서 학생들과 소통하는 일도 중요하지만, 학교 밖의 보호자와 원활하게 대화하는 일도 중요하다는 것이다. 여기서 말하는 보호자는 흔히 생각하는 학부모를 부를 때 쓰는 말이다. 과거에 우리 반 학생 중 부모님이 안 계신 아이가 있었다. 사실 그런 아이가 한 명만 있는 건 아니었다. 그런 아이들을 마주하다 보니 자연스럽게 학부모보다는 '보호자'라는 말을 쓰게 됐다. 아무래도 학부모는 학생의 아버지와 어머니를 부르는 말 같아서다. 어쨌든 학교에서 근무하며 학생의 어머니, 아버지는 물론 할머니, 할아버지, 심지어 학생의 형과도 연락해 봤다. 수많은 보호

133

자와 연락을 했지만, 그중에서도 유난히 기억에 남는 분들이 있다. 가끔 그 자녀를 만나면 그분들의 눈빛과 목소리가 떠오른다.

수화기 너머로 미세하게 떨리는 보호자의 목소리를 들은 그날이 아직도 생생하다.

"우리 아이가 한 번도 상을 받은 적이 없었어요. 정말 감사합니다."

우리 반 학생의 어머니였다.

어머니한테 전화를 받기 한 달 전쯤의 일이다. 여느 때와 같이 문서함을 쳐다보고 있었다. 여러 문서함 중 공람함이 있는데, 그곳에는 모든 선생님이 볼 수 있도록 공유해 놓은 문서가 있다. 공문 제목만 보고 내게 해당하지 않을 것 같은 문서는 없애곤 했다. 그런데 한 공문이 유독 눈에 띄었다. 한 구청에서 보낸 문서였는데, 구청을 대표할 장학생을 뽑는다는 내용이었다. 마침 우리 반에 자격 조건이 얼추 맞는 학생이 있었다. 도현이었다. 도현이는 성적이 낮은 편이라 가능성이 커 보이진 않았지만, 뭔가에 홀린 듯 신청서 서식을 확인하기 시작했다.

평소 도현이는 약간 무뚝뚝한 성격에 행동거지가 투박한 학생이었다. 하지만 흔한 질병 지각, 질병 조퇴 한 번 하지 않고 매일 같은 시간에 등교하는 성실한 학생이었다. 어머니가 홀로 두 아들을 키우는데 그중 막내였고, 진로에 대한 이야기를 할 때면 무엇이 됐든 간에 가족을 지키는 사람이 되고 싶다던 아이였다. 장학생 신청을 위해 도현이에 대해 아는 것은 있는 대로 다 적어 공적조서를 완성한 뒤 부대 서류 등을 첨부하여 공문을 발송했다. 장학생 신청을 한 사실도 까마득히 잊어 갈 때쯤, 문서함에 나를 수신인으로 지정한 공문이 한 통 도착했다. 장학생으로 선정되었다는 소식이었다.

곧장 도현이에게 달려가 장학생 선정 소식을 전하자 조금 놀란 눈치였다. 본인이 될 줄은 전혀 예상하지 못한 것 같았다. 물론 신청서를 작성한 나도 이런 결과가 있을 줄 몰랐다. 도현이에게 편지봉투를 쥐여 주며 보호자에게 전달하라고 당부했다. 편지봉투 안에는 장학금을 받는 절차 등이 적힌 안내문 몇 장이 들어 있었다.

그날 저녁, 전화 한 통이 걸려왔다. 도현이 어머님이었다. 사실 학부모에게 전화가 오면 잔뜩 긴장부터 하는 터라 목소리를 한 번 가다듬고 전화를 받았다.

"선생님 감사합니다……."

어머님은 미세하게 떨리는 목소리로 감사하다는 말을 연거푸 하셨다. 장학생이 되었다는 소식을 듣고 감격하신 것 같았다. 가계에 도움이 되어서 다행이라는 생각이 들었다. 그때 어머님이 뜻밖의 말씀을 하셨다.

"도현이의 웃는 모습을 오랜만에 봤어요. 감사합니다."

어머님은 보통 밤늦게까지 일을 한다고 했다. 집에 오는 시간이 너무 늦다 보니 아이들이 자고 있을 때도 많고, 깨어 있어도 살짝 인사만 하고 제 방으로 들어가는 모습만 보았다고 했다. 그렇게 세월이 흐르다 보니 대화 한마디 오가는 것이 어려운 일상이 되었다고. 가끔 학교에서 받아 오는 성적표를 보면 성적은 낮은 것 같고, 아이가 무엇을 하고 살지 걱정되면서도 그 모든 게 본인 책임 같았다고 했다. 그런데 오늘은 엄마가 퇴근하기를 기다린 듯 문 앞에서 반기더니, 장학생이 됐다며 신나 했다는 것이다. 그 모습이 너무 오랜만이어서 감사한 마음에 전화를 하셨다는 거다.

학생 어머니와 통화를 끝낸 뒤 불현듯 엄마가 보고 싶었다. 얼른 방에서 나와 안방에서 먼저 잠든 엄마의 얼굴을 가만히 쳐다봤다. 엄마가 자는 모습을 꽤나 오랫동안 이리저리 살펴보면서, 나의 보호자로 살아왔을 지난 삶을 나름대로 떠올려봤다. 누군가의 보호자로 산다는 것도 누군가의 보호를 받으며 산다는 것도 힘들지만, 참 소중한 일이었다. 언젠가 엄마의 보호자가 내가 되는 날, 과연 나는 엄마가 해온 반만큼이라도 할 수 있을까. 사실 그날이 평생 오지 않았으면 좋겠다.

아들이 장학생이 된 날, 그 가족은 돈보다도 값진 무언가를 얻은 하루였을 것이다. 그게 나의 작은 행동에서 시작된 일이라는 게 가슴이 벅찼다. 이후 도현이를 장학생으로 선정한 구청에서 또 한 통의 문서가 왔다. 장학생으로 선정된 학생들을 한자리에 모아 시상을 한다고 했다. 공문을 확인하자마자 이번엔 도현이보다 더 빨리 도현이 어머님께 연락을 드렸다. 일하다가 전화를 받은 어머니는 기쁜 마음을 감추지 않으셨다. 어머니 직업은 하나가 아니었다. 이 일 저 일 마다하지 않고 돈되는 일은 다 하시는 모양이었다. 하지만 시상식 날만큼은 모든 일정을 다 취소하고 아이와 함께하겠다고 여러 번 말씀하셨다.

시상식 날, 매일 늦지 않게 등교하던 도현이는 처음으로 결석을 하고 시상식에 갔다. 출석부에는 도현이 이름 옆에 '인정결석'을 뜻하는 세모를 그렸다. 공문을 첨부해 출석 처리를 할 예정이다. 시상식에 같이 참여하고 싶었지만, 수업을 다른 요일로 바꾸기가 어렵기도 하고, 또 도현이가 아닌 다른 아이들도 챙겨야 하니 멀리서 응원하기로 했다. 이날은 온종일 일이 손에 잡히지 않았다. 마음이 저 하늘 높이 붕붕 떠 있는 느낌이었다. 시상대에 오른 도현이는 어떤 마음이었을까, 또 그 모습을 지켜보는 어머니의 마음은 어땠을까, 상상하며 기쁨에 취하다가도 금세 마음이 몽글몽글해져 눈물이 차오를 것 같았다.

시상식 다음 날, 조회가 시작되기도 전에 도현이를 붙잡고 잘하고 왔는지 물었다. 대답은 허무할 정도로 짧았다.

"넵. 잘하고 왔어요."

선생님 마음을 아는지 모르는지 '쿨내' 풍기는 대답이었다. 그런데 그 모습이 도현이다워서 웃음이 났다. 이후로 도현이 어머니와는 연락한 기억이 없다. 도현이를 다음 학년으로 잘 올려 보내고 나는 새롭게 만난 반 아이들과 일상을 보냈다. 그러다 도현이 학년의 졸업식이 있던 날, 과거에 우리 반이었던 학생들, 그리고 교과를 지도했던 예비 졸업생들을 축하해 주기 위해 강당에 있었다. 졸업식이 끝나고 모두가 사진 촬영이 한창일 때, 도현이 어머니가 조심스레 다가와 인사해 주셨다. 목소리로만 듣던 어머니의 얼굴을 처음으로 뵌 것이다. 도현이가 엄마를 참 많이 닮아 있었다. 어머니와 두 손을 맞잡고 서로를 바라보며 눈빛으로 토닥였다. 마음이 일렁였다.

이후에도 장학생 추천을 위한 시도를 멈추지 않았다. 장학생 선발 공문을 보다가 우리 반 아이의 자격 조건과 맞는 내용이 있으면 그 희열은 이루 말할 수 없다. 그런데 과거에 멋모르고 신청할 때는 잘만 붙더니, 요즘은 지원하기만 하면 계속 낙방이다. 추천서 작성 실력은 오히려 갈수록 나아지고 있는데 말이다. 외부로 나갈 것도 없이, 학교 안 경쟁에서도 밀릴 때가 많다. 그만큼 본인 반 학생에게 좀 더 지원해 주려고 애쓰는 선생님이 많으신가 보다. 그리고 어려운 가정환경을 이겨 내며 학교생활을 하는 학생들도 많다는 뜻이겠지.

시간을 들여 장학 추천서를 작성했는데 심사에서 떨어지면 굉장히 허탈하다. 학생 자기소개서도 필요해 서류 지도도 해야 하고, 또 보호자에게 전화하여 민망할 정도로 집안 사정을 물어본 후라면 더 그렇다. 그런데 그 상황에서 나를 위로해 주는 건 같이 서류를 적었던 학생과 보호자다. 본인들도 아쉬울 텐데 선생님을 위로해 준다. 이 세상은 나이를 불문하고 나보다 어른인 사람이 많다. 그 어른들에게 보답하기 위해서라도 내가 할 수 있는 바를 다해야겠다. 돈보다 값진 그 무언가를 위해서.

출장지에서 만난 은사님

가끔 연수 때문에 출장을 다녀올 때가 있다. 자진해서 자기계발을 위해 가는 경우도 있지만 대부분은 반강제적으로 다녀오게 된다. 예를 들면 그해에 맡은 행정 업무에 대한 교육을 받기 위한 연수 출장이 있다. 매년 업무 분장을 다시 하기 때문에, 같은 일을 2년 이상 연속으로 맡지 않는 한 일이 손에 익기가 어렵다. 나는 이상하게도 한 번을 제외하고는 같은 업무를 맡아 본 적이 없다.

30대가 되기도 전에 부장교사를 맡게 되었다. 한 부서의 총괄 업무를 하려니 학기 초부터 어깨가 무거웠다. 부서를 운영하는 데 가장 힘든 점은 주어진 예산을 다 사용해야 한다는 것이었다. 예산이 수백만 원도 아니고, 수천도 아닌, 억 단위가 넘어가는 사업을 맡아서 눈앞이 캄캄했다. 처음 맡는 부서의 부장으로서 규모가 큰 사업을 맡아서 집행하려니 막막할 수밖에 없었다. 고구마를 잔뜩 먹은 듯 답답했지만 마냥 이 세상에 불만을 드러낼 수는 없었다. 나를 믿고 도와주는 부서 선생님들이 계시기에 그저 책임감을 안고 업무 공부를 해야 했다.

예산 금액을 1원도 쓰지 않은 상태인 게 영 마음에 걸려, 당장이라도 연수를 열어 주길 기다렸다. 다행히 오래 기다리지 않아 사업 연수 안내 공문이 들어왔다. 오후 전체를 써야 하는 일정이라서 해당 요일의 시간표를 다른 날로 옮겨야 했다. 부장을 맡는 대신 담임을 맡지 않아서 조종례를 부탁하지 않아도 되는 건 다행이었다. 연수에 참가하기 위해 며칠간 1~4교시나 5~7교시를 연이어 하느라 온몸이 쑤셨다. 하지만 시간표 변경 없이 저녁 늦게 연수하는 것보단 일과 중에 조금 고생하는 게 나았다.

한적한 오후에 드라이브 하는 기분으로 연수장으로 향했다. 좋은 기분도 잠시, 도착하자마자 느껴지는 엄중한 분위기에 압도되었다. 보통 학교의 한 공간을 대여해서 연수를 진행하는데, 이번에는 학교가 아닌 시설에서 연수를 진행했다. 역시 규모가 큰 사업은 달랐다. 교육청뿐만 아니라 다른 지자체나 교육부 인원까지 참여한 것 같았다. 살짝만 둘러봐도 참가 선생님들의 연세가 있어 보였고 경력이 어마무시해 보였다. 나만 병아리 같아서 약간 위축됐다. 이럴 거면 옷이라도 성숙하게 입고 올걸 후회스러웠다. 우리 학교 교장, 교감 선생님은 이런 업무를 왜 내게 맡긴 건지, 나를 과대평가한 것 같았다.

규모가 큰 세미나실 앞에서 거듭 심호흡을 한 후, 문 앞 테이블에서 연수 책자를 집어 들었다.

"선생님, 여기 서명해 주세요."

연수 주최 측에 소속된 선생님으로 보이는 분이 테이블 오른편을 가리키며 말씀하셨다. 연수 대상 선생님 이름이 적혀 있는 대장에 서명을 해야 했다. 학교 이름 순으로 되어 있어서 내 이름을 찾기가 쉬웠다. 서명을 하려는데 우리 학교명 근처에 익숙한 학교 이름이 보였다. 내가 다닌 고등학교였다. 두근거리는 마음으로 그 학교에서 오신 선생님이 누구인지 확인하려고 빠르게 눈을 굴렸다. 선생님 성함을 보는 순간, 너무 반가워서 악 소리가 입 밖까지 나올 뻔했다.

그냥 아는 분도 아니고 고등학교 1학년 때 부담임 선생님이었다. 당시에 나도 1학년이었지만 선생님도 1년 차였다. 첫 기억이라 오래 남았는지, 처음 소개하셨을 때의 교실 상황이 지금도 눈앞에 그려지는 듯했다. 2학년 때는 중국어 과목을 가르쳐 주셨는데 복도에서 마주칠 때마다 중국어로 신나게 인사하던 기억도 생생하게 떠올랐다. 그 순간 갑자기 어린 시절에 대한 향수가 몰려왔다. 그리웠다. 누군가에게 '선생님'이라 부르고 또 '학생'이라고 불리던 그 시절, 그 울타리와 따뜻함이 그리웠다. 나도 선생님으로서 참여한 연수지만, 너무나 큰 프로젝트를 맡았다는 중압감에 마음이 약해진 상태였다. 당장이라도 고등학생 때처럼 선생님께 달려가 울먹이고 싶었다. 그러고 보니 내가 학생이던 시절 이 선생님도 연차가 낮았는데, 모든 게 버겁게 느껴진 적이 없으셨을까.

따로 지정된 자리가 없어서 아주 앞도 뒤도 아닌 중간 자리에 앉아서 입구에서 받은 물만 계속 마셨다. 어느 정도 마음의 준비가 되었다 싶어서 주위를 둘러봤다. 멀지 않은 곳에 은사님이 계셨다. 얼굴이 그대로여서 찾는 데 오래 걸리지 않았다. 아직 연수 시작까지는 여유가 있어서 당장 가서 인사 드릴 수도 있었지만 약간 망설여졌다. 졸업한 지 10년가량 흘렀기 때문에 선생님이 나를 기억하지 못하실지도 모른다는 생각이 들었다. 그렇다고 해서 서운하진 않을 것이다. 나도 아이들과 이별하고 1년만 지나도 이름이 가물가물해질 때가 있으니까. 졸업 후에 만나면 또 재학 시절과 다른 옷차림, 화장 때문에 못

알아볼 수도 있고 말이다. 어떻게 하면 선생님이 불편하지 않게 인사 드릴 수 있을지 고민이 됐다. 대본이라도 적어 두고 인사 드려야 할 것 같았다. 핸드폰을 열어 전면 카메라를 켰다. 지금 내 얼굴은 고등학교 때랑 많이 다른가 살펴봤다. 그래도 연수 시작 전에 인사 드려야겠다 싶어 자리에서 일어나 선생님께 향했다.

"선생님, 안녕하세요. 저 2010년도 졸업생⋯⋯."

"어!"

선생님은 내 말이 끝나기도 전에 내 이름까지 부르며 반가워하셨다. 안 그래도 연수생 명단에 있는 내 이름을 봤다며 너무 신기하다고 하셨다. 고등학교 때 나는 유난히 활발한 학생이었다. 그때의 나답지 않게 조심스럽게 다가갔지만, 선생님과 첫마디를 나누자마자 다시 고등학생 시절의 나로 돌아갔다.

"好好学习吧[hǎohǎo xuéxí ba]"

대화를 이어 가고 싶어서 뜬금없이 예전에 배운 중국어를 한마디 꺼냈다. 선생님은 어떻게 기억하냐고 물으셨다. 공부 열심히 하자는 뜻인데, 사실은 발음이 욕처럼 들려서 잊히질 않았다. 차마 사실대로 말씀드릴 수는 없었고, 문장 몇 개를 더 말씀 드리며 중국인을 만나면 요긴하게 쓴다고 덧붙였다.

선생님은 주변의 아는 선생님께 나를 제자라며 소개하셨다.

나의 등장에 선생님도 굉장히 기분이 좋아지신 듯했다. 이제는 같은 선생님이 되었고, 또 같은 업무를 맡아 연수장에서 만나게 된 것이다. 교사가 된 제자를 마주하는 느낌은 어떨지 상상이 되지 않았다. 사제 관계는 영원할 테지만 공식적인 자리에서는 서로를 '선생님'이라 부르는 상황이었다. 선생님은 이젠 내 이름을 막 부를 수 없겠다며 호탕하게 웃으셨다.

잠시 후 연수가 시작돼서 자리에 돌아왔다. 분명 어려운 내용이 가득한 강의였는데 연수 내내 입꼬리가 내려오지 않았다. 나는 세미나실에 처음 입장할 때와는 전혀 다른 사람이 되어 있었다. 연수장에 아는 선생님 한 분 계신다는 게 큰 위안이 되었다.

사업은 한 학년도가 끝나는 2월이 되어서야 마무리되었다. 업무가 어려운 건 여전했지만 가까운 어른이 함께 일을 하고 있다고 생각하니 한결 나았다. 업무 중간중간 워크숍이나 산업체 탐방 같은 활동이 있을 때 선생님을 다시 뵐 수 있었다. 그때는 선생님 옆에 서서 걸으며 인생 이야기를 나누었다. 교직에서 겪은 일에 이어 인생 넋두리도 서슴없이 했다. 내가 학생일 때는 듣지 못했던 선생님의 생생한 경험담도 들을 수 있었다. 유사한 길을 앞서간 선생님께 여러 조언을 들으니 더 와닿기도 했다. 매일 학생들과 상담만 하다가 상담받는 입장이 되니 신기했다. 참 편안하고 좋았다.

사회 경험을 쌓아갈수록 일정 부분은 조금이나마 익숙해지는 구석이 있다. 사람이 완벽해질 수는 없겠지만 연륜이라는 걸 믿어 보려고 한다. 그러면 나도 언젠가는 연수 중에 만난 은사님처럼 누군가의 마음을 편안하게 해 줄 든든한 선생님이자 어른이 될 수 있을 테니까.

만우절

　너무나 평범한 날이었다. 날씨가 좋아서 트렌치코트와 운동화 차림으로 출근했다. 교무실에서 학교 메신저를 확인하고 전달 사항 몇 가지를 메모해 조회하러 교실에 들어갔다.

　"안녕 아이들~~!"

　평소와 같이 큰 소리로 인사했다. 아이들도 "안녕하세요" 하며 화답했고, 조회를 시작하려는 그때였다. 분명히 우리 반에 들어왔는데 다른 아이들이 앉아 있는 게 아닌가. 순간 어안이 벙벙했다. 다시 한번 아이들을 쳐다보는데 아이들은 왜 그러냐는 표정이었다. 이게 꿈인가 싶어 교실 밖으로 나가 문 위에 붙어 있는 교실 표지판을 봤다. 분명 우리 반 교실이 맞았다. 잘못 들어온 것도 아닌데 무슨 일인가 싶어 그 짧은 순간에 머릿속으로 온갖 생각을 했다. 그러기를 몇 초…….

"아, 오늘 만우절이네."

만우절이라는 단어가 나오자마자 아이들이 엄청 웃기 시작했다. 나도 따라 웃었다. 말도 안 되는 일이었다. 내가 만우절을 까맣게 잊다니, 3월 내내 정말 바쁘긴 했나 보다.

나는 평소에 학생들이 장난쳐 주길 기다리는 독특한 선생님이다. 만우절 같은 날을 그냥 지나치면 섭섭해서 내가 어떻게든 장난을 치려고 한다. 3월에 새로운 학년이 시작되고 5월이 되기 전까지는 공휴일이나 특별한 이벤트가 없기 때문에, 4월 1일 정도는 장난스러운 하루를 보내도 된다는 생각이다. 그런데도 만우절이 다가온 걸 몰랐다니 나로서는 여간 놀라운 일이 아니었다. 그래도 만우절을 망각한 덕분에 학생들의 이벤트는 대성공이었다. 정말 웃겼던 건, 이 와중에 아이들과 약속에 늦은 우리 반 학생이 다른 반 학생 무리에 같이 껴 있었다는 것이다. 그게 나를 더 제대로 속인 변수였다는 걸 아이들은 모를 테지.

"얘들아, 선생님이 깜빡 속았어. 너무 재밌다. 아침부터 고생했어. 선생님은 이런 거 되게 좋아하는데, 사람은 다 다른 거니까 과한 장난은 하지 말고 오늘을 즐겼으면 좋겠어!"

어쩌다 보니 우리 반에서 다른 반 아이들을 대상으로 조회를 했다. 곧이어 왁자지껄하게 반 교체가 이루어졌다. 선생님의 표정이 어땠다느니, 나의 연기력이 엄청났다느니 하는 이야기가 오갔다. 아이들이 즐거워하는 걸 보니 제대로 속은 게 부끄러우면서도 차라리 잘됐다는 생각이 들었다. 나중에 들어보니 옆 반이, 아니 정확히 말하면 옆 반에 있는 우리 반 아이들이 만우절 이벤트를 먼저 끝내고 나의 반응을 기다리고 있었다고 했다. 유튜브 채널을 운영하는 담임 선생님을 위해 우리반 뒤편에 몰래카메라까지 설치해서 녹화하고 있었다며 칭찬받길 기다렸다니 얼마나 귀여운 학생들인가. 선생님 유튜브 콘텐츠까지 생각해 주는 반은 세상에 우리 반밖에 없을 거라며또 한 번 사랑에 빠졌다. 결국 조회 안내 사항은 하나도 말하지 못한 채 1교시 종이 울리고 나서야 교무실로 돌아왔다.

나도 고등학생 시절이 있었고, 친구들과 만우절 장난을 계획한 적이 있었다. 반 아이들이랑 다 같이 선생님이 들어오길 기다리면서 키득거렸던 그 순간이 얼마나 재밌었는지 모른다. 그런데 선생님께서는 장난치는 거 아니라며 크게 혼내셨다. 아마 안전사고가 걱정돼서 그러셨던 것 같다. 하지만 당시엔 얼마나 서운했는지 모른다. 선생님이 되어 만우절을 겪어 보니 그

때 선생님이 왜 그러셨는지 이해가 가지만, 나는 아직도 철없는 선생님인지 아이들이랑 실컷 장난치고 싶은 마음이 더 컸다. 심지어 학생인 척 앉아 다른 선생님 수업에 참여하는 장난에도 같이했다. 아이들의 끈질긴 요청에 어쩔 수 없이 하긴 했지만, 내심 내게 이런 부탁을 하는 게 좋았다. 그리고 장난을 받아 주실 것 같은 선생님이었기에 흔쾌히 응했다.

생각해 보면 난 매일이 만우절처럼 학생들에게 장난 혹은 하얀 거짓말을 한다. 대표적으로 수업 시간에 하는 거짓말이다.

"거의 끝났어. 몇 쪽까지만 하고 끝낼게."

피곤해하는 아이들에게 선언하는 말이다. 범위가 적은 듯 쪽수를 제시하고는 아이들이 안심하는 틈을 타 그 부분을 상세히 설명한다. 약속한 페이지까지 진도를 나가는 건 맞지만, 그 진도가 끝나는 순간 수업 종료 종이 친다. 그러면 아이들은 이번에도 속았다며 허탈해한다.

또 다른 예도 있다.

"자, 이제 다른 이야기 하지 말고 공부에 집중하자."

아이들이 원하고 원했던 자습시간을 주는 날, 떠들지 말자고 선언했다. 그런데 내가 지루해서 아이들에게 일상 이야기를 물어봤다. 다른 이야기 하지 말자면서 먼저 말 거는 선생님이라니, 이건 거짓말의 범주에서 제외하고 싶지만 사실은 하얀 거짓말이 맞을지도 모른다.

　의도치 않게 거짓말을 할 때도 있다. 학생들이 무언가를 하자고 제안했을 때 "응 알겠어. 생각해 볼게" 하고는 생각을 안 한 적이 있다. 이건 사실 비밀이다. 돌아보니, 학생들은 매번 내 장난에 당하고 있었다. 그러니 만우절만은 무한 장난을 허용해 주려고 한다.

　학생들이 녹화했다는 영상을 받아 재생해 보니, 아이들은 조회 시간이 다가오자 작전을 개시하듯 비장한 움직임을 보였다. 선생님이 혹시 먼저 올까 봐 망을 보는 친구도 있고, 다른 친구를 조용히 시키며 공지를 하는 듯한 아이도 있었다. 내가 등장하자 웃음을 참느라 몸을 들썩이는 친구, 우왕좌왕하는 모습에 뿌듯해하는 친구까지, 나는 아이들의 치밀한 작전에 제대로 당한 모습이었다. 약간 바보 같은 움직임이 웃겼지만 만우절을 미처 생각하지 못해서 얼마나 다행스러운지. 같은 주 일요일에 만우절 에피소드가 담긴 영상을 유튜브에 업로드했다. 학생들이 직접 촬영해 준 장면이 있어 더 소중한 브이로그였다.

연구 수업

　매일 몇 시간씩 수업을 하고 있지만, 연구 수업은 신경 쓰이고 떨리는 일 가운데 하나다. 연구 수업은 다른 선생님들을 대상으로 내 수업을 공개하는 것이다. 교실 뒤에서 교장 선생님, 교감 선생님, 그리고 동료 선생님들이 지켜보는 가운데 수업해야 해서 마치 시험대에 오른 기분이 들기도 한다. 한편으로는 내가 어떻게 수업하고 있는지 그 모습을 보여 주고 싶은 마음도 있다. 그래도 막상 연구 수업 할 선생님을 선택하는 자리에선 자신 있게 손 들기가 어렵다. 괜히 손 들었다가 미래의 내가 그날의 나를 원망할까 봐 어깨만 들썩일 뿐이다. 다른 선생님들도 마찬가지인지, 연구 수업 담당자를 뽑는 순간엔 서로를 바라보며 그저 민망한 웃음을 지을 뿐이다. 연구 수업은 보통 학교에 전입 온 첫해에는 으레 하는 것 같고, 그 학교에 머무는 동안에 어떻게든 한 번 이상은 하게 된다.

내가 연구 수업을 담당하기로 결정된 그해, 언제 수업을 할지 그 시기와 수업 대상을 정해서 제출했다. 이왕이면 학생들과의 여러 활동을 보여 줄 수 있는 내용이 좋을 것 같았다. 미리 작성해 둔 연간 진도 계획서와 교과서를 번갈아 훑어보며 2학기 때 수업 내용으로 선택했다. 나만 그런 건지 모르겠지만, 1학기 때 좀 더 수업에 열심히 임하는 경향이 있다. 2학기 때는 아이들이 많이 편해져서 덜 긴장해서일 수도 있지만, 왠지 1학기보다 2학기는 시간도 빨리 흐르고 수업도 가볍게 지나가는 느낌이다. 연구 수업을 1학기 때 빨리 끝내고 여름방학을 맞이하고 싶지만, 2학기로 정해 두면 1학기의 초심을 유지할 수 있지 않을까 하는 기대가 있었다.

같은 수업을 하더라도 교실에서 얻는 피드백은 다 다르다. 그래서 수업 내용만큼 중요한 게 수업 대상을 선택하는 일이었다. 연구 수업을 같이하는 장면을 여러 반에 대입해 보니, 수업 대상은 금방 결정할 수 있었다. 모든 결정 후 알게 된 사실은, 다른 과목 연구 수업 담당 선생님들도 생각이 비슷하다는 것이었다. 내가 선택한 반은 마치 연구 수업 담당 학급인 듯 여러 선생님의 선택을 받았다. 학생 시절, 가끔씩 선생님들이 우리 반 분위기는 어떻다고 이야기하실 때가 있었다. 당시에는 크게 공감되지 않았는데, 선생님 입장이 되어 보니 그 말을 이해할 수 있었다. 확실히 반마다 느껴지는 분위기가 다르다. 어쨌든, 나의 연구 수업도 그렇고 여러 번 연구 수업 대상이 된 학생들이 힘을 내주길 바랄 뿐이었다. 수업 분위기가 유난히 좋아서 그런 거니 자부심을 갖기를.

연구 수업 당일이 되자 주변 선생님들이 나서서 도와주셨다. 본인 시간표를 바꾸면서까지 내 수업을 참관하러 오시는 분도 계셨고, 혼자 하기 버거울 거라면서 수업 직전에 같이 들어와 여러 가지 정비를 도와주기도 하셨다. 다른 선생님 연구 수업 때는 내가 이렇게 돕지 못했는데, 이번에 배운 만큼 꼭 돌려 드리기로 다짐했다.

평소에는 수업 시간 종이 울리고 난 후 교실에 들어가지만, 이날은 바로 직전 수업이 끝나고 담당 교과 선생님이 나오자마자 교실에 들어갔다. 주관 부서 선생님께서 뒷문을 열어 의자를 잔뜩 가지고 왔다. 아마도 참관하실 선생님이 앉을 자리인 것 같았다. 의자가 하나하나 배치되는데, 그 수가 예상보다 많아 잠시 정신이 아득해졌다. 의식적으로 시선을 다른 곳에 두려 애쓰며 학급 환경을 정비하는 데 힘썼다. 아이들 책상 사이를 돌아다니며 교실에 흘린 쓰레기는 없는지, 사물함 위에 물건이 많이 올라가 있지는 않은지 살폈다. 이 반의 담임 선생님께서 연구 수업이 있는 날이라고 더 철저히 청소 지도를 하신 듯 교실은 깨끗했다. 오늘 컨디션이 좋지 않은 학생은 없는지 살펴보기도 하고, 화장실 다녀올 학생은 지금 다녀오라고도 말했다.

드디어 흰색 분필을 들고 칠판 앞에 섰다. 오늘 수업할 내용을 대단원부터 학습 목표까지 판서해 두었다. 칠판을 자세히 보면 미세하게 선이 그려져 있는데, 그 선에 맞춰서 아주 정갈하게 적었다. 사실 이렇게 적어 두려고 한 건 아니었는데, 도와주러 오신 선생님들께서 미리 써 두면 편하다고 하셔서 그대로 해 보았다. 교실 앞에 PPT만 달랑 켜 두는 것보다 조금 더 체계적인 느낌이 들어 흡족했다. 생각보다 쉬는 시간은 길었다. 수업 시간 종을 기다리며 교탁에 섰다. 그제야 한 눈에 학생들이 들어왔다. 쉬는 시간인데도 벌써 연구 수업 모드로 앉아 있었다. 학생들도 나와 함께 마음속으로 카운트다운을 외치고 있었다.

"너희들은 왜 긴장하고 있니?"

얼어 버린 교실에 대고 한마디 건넸다. 선생님의 목소리를 들으니 좀 안심이 되는지 아이들이 방긋 웃음을 지었다.

수업 종이 울렸다. 교무실에서 갖고 온 노트북의 PPT 슬라이드를 열었다. 원래 수업 때 PPT를 잘 활용하지 않는 편인데 연구 수업이어서 특별히 준비해 봤다. 나는 PPT보다는 판서를 더 선호하지만, 오늘은 약간 그럴싸한 무언가가 필요했다. 마치 원래 PPT로 수업하는 것처럼 해 보리라. 곧이어 뒤쪽에 교장 선생님, 교감 선생님부터 한 분씩 수업 참관을 하러 들어오셨다. 대학교 교직 수업을 들었던 기억을 되살려, 수업 지도안에 적은 절차대로 수업을 진행했다. 꼼꼼하게 이전 차시 복습을 하고 학습 목표는 학생들과 다 같이 읽어 보았다. 앞에서 뚝딱거리는 선생님이 신기한지 아이들이 가끔 소리 없는 웃음을 내었다. 본인들도 뚝딱거리고 있어서 선생님도 슬며시 웃고 있는 건 모르는 것 같았다.

학창 시절에 연구 수업을 하는 선생님은 리허설처럼 먼저 수업해 보신 후 새로 시작하는 경우도 있었다. 지금도 그렇게 하는 분이 있을 수도 있지만, 나는 무조건 바로 실전에 돌입하는 편이다. 그래야 수업이 더 생생할 거라 생각했고, 괜히 진도가 느려지는 것도 원하지 않았다. 물론 연구 수업 전에 어떤 활동을 할 거라고 예고는 했다. 수업이 무조건 예상대로 흘러가는 건 아니어서 수업 시간 50분이 부족하기도 하고 남기도 한다. 차라리 부족하면 내용을 끊어서 마무리하면 되는데 수업 시간이 남으면 그것만큼 당황스러울 데가 없다. 부디 예상대로 흘러가길 바라며 준비한 수업 내용을 풀어냈다.

뒤쪽에 앉은 선생님들은 내 수업을 보며 참관록에 필기를 하셨다. 수업 시간 전까지 분명 동료였는데 갑자기 면접관으로 변신한 것 같았다. 빠른 듯 느린 50분이 흐르고 마침내 쉬는 시간 종이 울렸다. 날이 더운 것도 아닌데 옷 속은 이미 땀으로 끈적했다. 나는 긴장감 숨기기 대장이어서 겉으로 티는 안 났을 거라 믿었다. 뒤에 있던 선생님들이 모두 나가신 걸 확인하니 그제야 긴장이 풀렸다. 한숨을 돌리며 수업 때 쓰려고 가져온 짐을 바리바리 들었다.

"선생님, 오늘따라 상냥하시던데요?"

"쌤, 왜 계속 존댓말로 하세요?"

아이들이 선생님을 놀리기 시작했다. 원래 수업은 존댓말로 했지만 발표를 시키거나 개인적인 이야기를 곁들일 때 반말도 같이 섞였는데, 오늘은 모든 장면에서 존댓말이 나왔다. 학생들의 장난에 같이 웃다가 갑자기 억울한 마음이 들었다.

"나 원래도 상냥하지 않아?"

"에이~."

아이들의 장난 섞인 반응에 억울함이 풀리지는 않았지만,

그래도 연구 수업이 무사히 끝났으니 아무렴 어떠랴.

"얘들아, 원래 사회생활은 이렇게 하는 거야."

연구 수업에서 사회생활을 논하는 선생님이 재밌는지 아이들이 시원하게 웃었다. 앞으로 진정한 상냥함이 무엇인지 보여주리라. 연구 수업이라서 평소보다 수업 자료를 좀 더 준비한건 사실이지만, 그래도 일상 수업과 크게 다르진 않았다고 자부한다. 매번 연구 수업처럼 자료를 준비했다간 밤을 새워도 모자랄 테니까 그 정도까진 할 필요 없다고 합리화해 본다.

내게 '수업'은 정말 어려운 일이다. 매 교시마다 긴장되고 또 반성하게 된다. 나만의 수업 스타일을 정립하는 건 아직도 멀었지만 그래도 이름을 붙여 보자면, 내 수업은 '대화하는 수업'이다. 자연스럽게 대화하는 식으로 수업을 이끌어 나가며 아이들의 삶과 연결되는 수업을 진행하려고 한다. 과거에 한 학생이 "이 과목은 왜 배워요? 나중에도 필요해요?"라고 묻는 경우가 있었다. 순간 대답을 잘 못 했지만, 그 질문은 내가 왜 수업을 하는지에 대해 깊이 고민하는 계기가 되었다. 그래서 오리엔테이션과 매 수업마다 이 공부가 왜 필요한지, 학생들의 실생활에서 어떻게 쓰일지 항상 연결 지어 설명하려고 한다.

학생들이 수업에 적극적으로 참여하도록 발표를 주문하다

보니 수업이 순탄하게 흘러갈 수만은 없었다. 한번은 1학기 둘째 주쯤이었는데, 모둠을 짜서 아이들을 앉혀 놨더니 서로 눈싸움이라도 하듯 쳐다보며 한마디도 하지 않았다. 선생님과 학생, 학생과 학생끼리도 어색한 학기 초인 걸 망각한 활동이었던 것이다. 그 수업 1시간은 살얼음을 밟듯 오싹했고, 아이들도 나도 힘들었다. 수업을 마치자마자 교실을 뛰쳐나가 운동장으로 가 숨을 몰아쉬며 한 바퀴 걷고 있는데, 눈물이 찔끔 났다. 이건 아직 누구에게도 말할 수 없는 비밀이다.

'그래, 아이들에게도 내게도 어느 정도 여유를 줘 보자. 그 어느 쪽에도 실망하지 말자.'

속으로 몇 번이나 되뇌던 말이었다. 다행히도 학생들은 수업이 진행될수록 긍정적으로 변화해 나갔다. 그 모습을 보면 말로 표현하지 못할 희열을 느낀다. 그렇기에 나는 '대화하는 수업'을 계속 고집해 나갈 것이다.

학창 시절을 떠올려 보면, 지금까지도 어렴풋이 기억나는 수업 장면이 있다. 스쳐 간 학생들 중 누군가도 학창 시절을 떠올렸을 때, 나의 수업을 어렴풋이 기억할 수도 있을 것이다. 그때 '그 선생님 수업은 대화하듯이 친근했지'라고 떠올려 줬으면 좋겠다.

유튜브나 블로그를 하다 보니 다양한 제의가 들어온다. 보통은 이메일이나 인스타그램 메시지로 연락이 오는데, 어떤 제품을 홍보해 달라는 협찬 관련 연락이 대부분이다. 하지만 교원 인터넷 미디어 운영 규정상 특정 제품을 홍보하기 위해 물품이나 금전을 받는 건 불가능하다. 영상 앞뒤에 무작위로 재생되는 광고 수익 정도는 얻을 수 있다. 그럼에도 메일 주소를 공개해 두는 이유는 강연이나 인터뷰 등의 요청이 오기도 하기 때문이다.

그래서 매일 메일이 왔는지 확인하는 습관이 생겼다. 특히 '강연을 요청 드립니다'라고 적힌 제목을 볼 때마다 마음이 설렌다. 그렇게 인연이 닿아 오프라인이나 온라인으로 강연을 몇 차례 진행했다. 오프라인으로는 대학교나 중고등학교에서 예비 교사, 신규 교사를 대상으로 교직의 전반적인 내용을 소재로 강연을 하거나, 학생들을 대상으로 경영·금융 분야 특강을 했다. 온라인 활동은 주로 인터뷰였는데, 한번은 그 인터뷰가 네이버 메인에 소개되기도 했다. 우연히 내 사진을 본 지인이 놀라서 연락을 해왔다. 교육부나 어느 특정 기업의 프로젝트 영상을 촬영해 그들의 공식 유튜브 채널에 등장한 적도 있었다. 모두 즐겁고 값진 경험이었지만, 가장 기억에 남는 일은 따로 있다. 바로 교육 행사에서 사회자로 나선 일이다.

사회를 보게 된 계기도 참 신기했다. 어느 겨울에 중앙취업지원센터라는 교육부 산하 기관에서 선취업 후진학에 대한 인터뷰를 진행한 적이 있었다. 그때 함께했던 담당자분이 나를 기억하고 연락을 주신 거였다. 기회가 또 다른 기회로 닿은 것이다. 역시 모든 일은 허투루 하면 안 된다.

내게도 인터뷰를 하던 날이 특별한 기억으로 남아 있긴 했다. 촬영 장소가 세종시라 평소 같으면 참여하기 힘들었을 텐데 방학 기간이라 비교적 여유가 있었고, 홀로 여행하는 기분을 내고 싶기도 해서 인터뷰를 수락했다. 학교 시스템에 관외 출장 신청을 하고 아침부터 고속버스터미널에 갔다. 한 번 가는 김에 비싼 버스를 타 볼까 싶어 프리미엄 버스로 결제했다. 세종시로 내려가는 길, 창가 자리에 앉아 커튼으로 내 자리를 가린 후 의자를 뒤로 젖혔다. 오른쪽으로 고개를 돌려 버스 창문으로 서울시와 세종시의 풍경을 쳐다봤다. 학교 일로 서울을 벗어나 본 적은 있었지만, 교육 콘텐츠의 출연자가 되기 위해 출장을 가기는 처음이었다. 처음 유튜브를 시작할 때, 아니 교사를 시작할 때만 해도 내가 인터뷰를 한다거나 누군가에게 영향을 줄 수 있는 사람이 될 수 있을 줄은 몰랐다. 인터뷰는 2시간 남짓으로 짧은 시간이었지만, 아마도 나의 벅찬 마음이 담당자들에게 전달되었나 보다.

담당자분이 유선상으로 사회를 맡아 보겠냐고 물었을 때, 정말 1초도 쉬지 않고 하고 싶다고 답했다. 기존에는 아나운서가 진행했지만, 학생들을 잘 아는 선생님이 진행하면 조금 더 메시지가 잘 전달될 것 같다고 했다. 무려 프로그램 사회를 맡는다니, 마치 어릴 적 내 꿈을 이룬 듯했다. 나는 중학교 시절 방송반에서 아나운서로 활동했다. 그냥 아나운서도 아니고 메인 아나운서여서 몇 년간 이어져 온 전통적인 프로그램의 진행을 맡았다. 한 명만 들어갈 수 있는 아나운서실에 앉아서 엔지니어를 맡은 친구의 큐 사인을 받아 방송을 했는데, 그게 얼마나 으쓱한 일이었는지 모른다. 사연을 받아 내 생각과 함께 방송 원고를 작성했는데, 매주 공책 한 바닥씩 채워야 하는 분량이었지만 일도 아니었다. 그러다 언젠가 공중파에서도 아나운서로 활동할 수 있지 않을까 하는 목표가 생겼다. 그래서 구립 도서관에 찾아가 아나운서가 집필한 서적이나 한국어능력시험 자격 서적을 찾아보기도 했다.

그런데 아나운서가 되기로 한 목표는 얼마 안 가 깨졌다. 방송반에서 영상 방송을 활성화한다며 아나운서들의 카메라 테스트를 했는데, 촬영본에 등장한 내 얼굴을 보고 좌절했기 때문이었다. 지금 생각하면 픽 웃음이 나지만, 한창 외모에 민감했던 중학교 2학년 학생에겐 세상이 무너질 듯한 좌절의 시간이었다. 아이러니하게도 영상 속 자신의 얼굴을 싫어했던 그 학생은 지금 주기적으로 영상을 업로드하는 유튜버가 되었고, 섬네일에도 대문짝만하게 얼굴을 띄우고 있다.

3월의 어느 날, 행사를 위해 구입한 옷을 입고 일산 킨텍스로 향했다. 초행길 운전이라 부지런히 출발했다. 도착 예정 시간이 약속 시간보다 1시간은 앞서 있었다. 행사장 주차장에 도착하자마자 신발을 벗고 따로 가져온 구두로 갈아 신었다. 행사장은 수십 개 학교에서 온 선생님과 학생 들로 인산인해를 이루었다. 그들 사이에서 'STAFF'라고 적힌 이름표를 목에 걸고 입장했다. 교육부와 신문사 등이 주최하는 '고졸 인재 일자리 콘서트'라는 행사였다. 나는 그중 '취업 토크 콘서트'의 사회를 맡았다. 행사는 유튜브에서 여러 채널로 나뉘어 생중계되고 있었다. 내 채널에 업로드하는 유튜브 영상은 조그마한 디지털카메라나 핸드폰으로 촬영했는데, 거대한 크기의 촬영 카메라들이 한 대도 아니고 여러 대 있는 것을 보니 순간 온몸이 얼어붙었다. 하지만 중학교 때의 나와 지금의 나는 달랐다. 과거엔 노메이크업이었지만, 지금은 진한 화장이 날 보호해 주고 있었다. 메이크업 기술을 방패 삼아 용기를 내기로 했다.

패널로 참여하기 위해 교육부 소속 연구사와 장학사, 한국장학재단과 사기업의 팀장들도 오셨다. 처음 보는 사이였지만 다 같이 긴장하고 있어서인지 동지애가 느껴졌다. 서로 간단히 인사를 나눈 후 대본 리허설을 했다. 리허설을 끝내고 각자 점심식사를 한 후에 다시 모이기로 했다. 밥을 한술 떠서 입으로 넣는데 갑자기 온몸이 떨렸다. 무슨 자신감으로 해 보겠다고 한 건지, 들떴던 과거의 내가 우스워지는 순간이었다. 다행히 뜨거운 국밥을 선택해 그 와중에 맛있다고 천천히 다 먹어 치웠다.

시작 직전, 감독으로 보이는 분이 앞에서 카운트다운을 외쳤다. 행사장이 소란스러운 건지, 내 심장 소리가 요란한 건지 판단할 틈도 없이 마이크에 대고 첫인사를 했다. 처음 10분은 어떻게 흘러갔는지도 모르겠지만 어느새 긴장감은 누그러졌다. 얼굴로 쏘는 조명이 엄청 눈부셨는데 그 덕분에 앞에 있는 사람이 잘 보이지 않아서 좋았다. 이 코너를 위해 작성한 스크립트를 한 줄 한 줄 읽어 나갈 때마다 내 한계의 벽을 깨부수는 것 같았다. 시작 전엔 무사히 끝나기만 바랐는데, 마무리할 때쯤엔 상황에 따라 적절히 애드리브도 하고 있었다.

"수고하셨습니다!"

감독의 마무리 멘트 후 온몸이 녹아내리듯 흐물흐물해졌다. 다시 볼 수 없을지도 모를 담당자와 인사를 나누고, 핸드폰을 꺼내 내가 촬영했던 장소를 사진으로 남겼다. 핸드폰에 우리 반 아이들의 메시지가 도착해 있었다. 전일 출장으로 자리를 비운 선생님이 걱정되지 않게 연락해 둔 것이었다. 메시지를 보니, 다른 선생님들께 귀엽게 인사하는 영상과 사진들이 있었다. 출장 때문에 미뤄 놓은 수업들을 생각하면 막막하지만, 그래도 얼른 우리 반 아이들이 있는 학교로 돌아가고 싶었다. 멀리 있으니 아이들이 더 보고 싶었다.

집으로 돌아가는 길은 퇴근 시간과 겹쳐서 차가 막혔다. 원래는 아이돌 노래를 주로 듣지만 이날만큼은 분위기 있는 음악을 틀어 놓고 뉘엿뉘엿 해가 지는 모습을 찬찬히 구경했다. 처음 담당자에게 연락을 받았을 때부터 마지막으로 스크립트를 작성해 제출하던 때, 감독의 마지막 사인을 듣기까지 순간순간의 기억이 그려졌다. 역시 아나운서를 했어야 했나, 아니 아나운서를 안 해서 다행이다, 하고 싱거운 혼잣말을 하며 웃었다. 누가 내 모습을 보면 이상한 사람인 줄 오해했을지도 모른다. 집에 거의 도착할 무렵 담당자에게 연락이 와서 한 번 더 회포를 풀었다. 마무리까지 칭찬해 주니 마음이 뭉클했다.

다음 날 학교에 출근했는데, 평소에 교무실 자리가 멀어 자주 뵙지 못하는 분이 자리로 찾아오셨다. 반 학생이 전날 행사에 온라인으로 참여한다 해서 같이 영상을 보고 있었는데, 내가 등장해서 놀라셨다고 했다. "우리 학교에 이런 선생님이 있었다니 대단하다"며 격려해 주셨다. 부끄러워 얼굴이 화끈거렸지만 마음은 날아갈 듯했다.

유튜브에 그날 영상을 올렸다. 다시 보니 부족한 점도 많이 보였지만 끝까지 진행해 낸 것만으로도 뿌듯했다. 내 채널 재생 목록에도 얼른 추가해 두었다. 외부 활동을 해나갈수록 이전 활동에서 겪은 착오를 수정해 나가며 점점 발전하는 게 느껴진다. 하지만 최근의 모습이 최고는 아니다. 교직 생활을 오래 했다 해도 신규 교사일 때만 할 수 있는 행동과 표정을 다시 할 수 없는 것처럼, 순간순간에 보여 줄 수 있는 강점이 따로 있다. 그러니 현재에 맞게 최선을 다하면 되는 것이다.

오늘도 그날의 영상을 재생해 보았다. 영상물로 보관되어 있으니 언제든지 내 모습을 다시 볼 수 있어 좋다. 마이크를 잡고 있는 내 모습은 한껏 상기되어 있었다. 정말 너무 즐거워 보였다. 맞다. 아주 재미있었다. 하나의 프로그램을 진행하기 위해 많은 사람들이 노력하고, 결국 그것을 한 번에 풀어내는 일, 정말 짜릿하고도 즐거운 일이었다. 빛나는 젊은 날이었다. 다음엔 또 어떤 일을 해 볼 수 있을까? 벌써부터 기대가 된다.

4

나답게,
교사 생활

체육대회

　체육대회가 한 달 앞으로 다가왔다. 이상하게도 체육대회에서 가장 기대되는 것은 학교에 운동복을 입고 갈 수 있다는 거였다. 평상시에 불편한 옷을 입고 다니는 건 아니지만, 가끔 운동복을 입은 체육 선생님들이 부러울 때가 있었다. 체육대회 날만은 옷장 안에 있는 바람막이를 입고 당당하게 출근하리라.

　여름방학이 끝나자마자 우리 반 아이들은 체육대회에 대한 이야기를 하루도 빠짐없이 했다. 체육대회 이후에 바로 중간고사가 있다는 사실은 잊은 듯했다. 체육대회 종목에 출전할 선수를 선발하는 일부터 우리 반을 대표할 달리기 선수를 정하는 일까지, 평소에 보기 힘든 열정을 내뿜고 있었다. 방학이 끝난 아쉬움을 달랠 수 있어 체육대회의 존재가 고맙기도 했다. 아마 지금쯤 체육대회를 기획한 부서와 체육 선생님들은 정신없이 바쁘실 것이다. 이 행사가 무사히 끝나길 바라며 마음속으로 응원할 뿐이었다.

어느 날 회장, 부회장과 몇몇 아이들이 우르르 교무실로 몰려왔다. 반을 대표할 단체 티셔츠를 맞춰야 하는데 다 같이 이야기할 시간이 나지 않는다고 했다. 그러고는 조심스럽게 반 티셔츠, 일명 '반티'를 상의할 시간을 줄 수 있냐고 했다. 아이들의 간절한 눈빛을 무시할 수 없어서, 수업 시간에 진도를 빨리 나갈 수 있게 협조해 준다면 1시간 정도 시간을 주겠다고 말했다. 역시 우리 반 진도는 어떤 식으로든 느려질 수밖에 없었다. 이번에도 시험이 다가오면 거의 랩을 하는 수준으로 수업해서 진도를 맞출 테지.

반티에 대한 열의가 엄청났는지, 아이들은 결속력을 다지며 나의 수업에 열중했다. "어? 저 친구 자는 거야?" 하면 주변 친구들이 그 친구를 깨우기 바빴고, "어? 이거 학습지 안 채운 거야?" 하면 또 몇 명이 달라붙어서 같이 학습지를 완성시켰다. 이렇게까지 노력해서 반티를 상의해야 하는지 의문이 들긴 했지만, 수업이 잘되니까 그런대로 좋았다.

반티는 약간 그들의 자존심 같은 것이었다. 어떤 반보다도 독특하고 유일하게 뽐낼 수 있을 만한 것으로 골라야 했던 것이다. 같은 색, 같은 로고, 문구 정도로는 그들의 욕구를 만족시킬 수 없었다. 반티 제작을 전문으로 하는 사이트도 아주 휘황찬란했다. 체육대회는 체육 종목에서 이기는 것보다 예쁘고 멋있게 즐기는 것이 중요하다는 걸 몰랐다. 아이들이 반티를 어떻게 맞출지 의논하는 시간은 여느 학급 회의보다 더 치열했다. 총무와 서기가 자연스레 결정되고 투표까지 이루어지는 민주적인 시간이었다. 사이즈를 고르는 취향도 아이마다 정말 다양했다. 일부러 크게 입으려고 XL 사이즈를 선택하는 여학생도 많았다. 놀라서 입을 다물지 못하고 있는데 한 학생이 물었다.

"선생님은 사이즈 뭘로 주문할까요?"

알고 보니 반티는 나까지 포함하는 세트였다. 아이들은 당연한 듯이 내 대답을 기다렸다.

"나는 M 사이즈로 해 줘. 그럼 나는 얼마 내면 돼?"

엉겁결에 대답했다. 서기는 내 사이즈를 칠판 한 곳에 적었다.

"선생님, 원래 단체 티 주문하면 선생님 것은 무료로 줘요."

아이들은 돈을 내는데 나만 무료로 옷을 받는다니 약간 머쓱했다. 아무래도 체육대회 때 아이스크림이라도 돌려야겠다.

몇 가지 반티 콘셉트를 정해 칠판에 적더니 바로 투표를 시작했다. 결정된 것은 병원 콘셉트였다. 의사나 간호사 유니폼을 입고 체육대회라니, 좀 이상하다고 생각했다. 심지어 아이들이 생각한 병원은 의사나 간호사가 아니라 환자였다. 병원복이라는 게 환자복을 입는다는 거였다. 도저히 이해가 되지 않았지만 아이들은 벌써부터 신이 났다. 나도 환자복을 같이 입는 건가 했는데, 선생님은 파란 수술복 위에 의사 가운을 입는 거라고 했다. 졸지에 나는 우리 반 환자들을 치료하는 의사가 되었다. 어쩌면 아이들을 보호하는 입장이니까 맞는 말인 것도 같았다.

"얘들아, 혹시나 병원복 입고 교문 밖에 나가면 오해 살 수도 있어. 절대 그러면 안 되고…… 환자복을 입는다면 생기를 불어넣을 아이템을 하나씩 착용해 줘. 모자, 스카프, 핀 등 무엇이든 괜찮아."

당황한 담임 선생님을 보고 아이들은 별일 아니라는 듯 웃었다. 역시 걱정은 나의 몫이었다. 대체 체육대회에 뭐 입고 갈지 그간 왜 고민했는지 모를 일이었다. 의사 가운 위에 바람막이를 입을 수는 없으니 그냥 단체복만 입고 하루를 보내야 했다.

체육대회 당일, 아이들은 아침부터 반티로 갈아입으며 신이 난 모습이었다. 다 같이 단체 티를 입으니 순식간에 우리 반은 병동이 되었다. 각 반은 운동장에 모여 한 줄로 섰고, 담임인 나는 맨 앞에서 아이들을 바라보고 섰다. 체육 선생님, 학생부 선생님이 운동장의 작은 무대에 올라가 마이크를 잡고 큰 소리로 아이들을 지도했다. 어린 시절에 학생 편에 서서 선캡을 쓴 담임 선생님을 바라보던 기억이 아직도 생생한데, 이제는 반대 입장이 되었다. 나는 선캡 모자는 안 썼지만 교과서로 햇빛을 가리면서 아이들을 쳐다봤다. 다 같이 국민체조를 하는 광경이란, 멀리서 보니 마치 거대한 퍼포먼스를 보는 것 같았다. 이 광경은 혼자만 보기 아까웠다. 핸드폰 충전을 완전히 해서 가져오길 잘했다. 내 핸드폰 갤러리는 체육대회 사진으로 넘쳐날 예정이었다. 국민체조가 얼마나 시원한 스트레칭인지 저기 학생 무리에 섞여 체조할 때는 몰랐다. 갑자기 온몸이 뻐근해져 오는 게, 새삼 어른이 되었음을 느꼈다.

지나간 체육대회에 대한 감상에 빠지려는 순간 주변에서 말소리가 들려왔다.

"저기 환자복은 어느 반이야?"

"환자가 하나도 안 아프네."

환자복을 가리키며 선생님과 학생 가릴 것 없이 웃었다. 환자복을 입고 여기저기 달리는 우리 반은 정말 누가 봐도 눈에 띄었다. 운동장에서 누가 무엇을 하는지 한 눈에 알 정도였다. 따로 출석 체크하느라 낑낑댈 필요가 없어 좋았다. 나도 누군가에게 관심 받는 걸 좋아하는 편인데, 우리 반 아이들이 나를 닮아도 너무 닮았다. 아니 나보다 더한 것 같기도 했다. 병원복을 입은 아이들은 정말 해맑게 뛰어다녔다. 그 아이들을 대변하느라 선생님은 정신이 없었다는 걸 아는지 모르는지 그저 귀엽게 돌아다닐 뿐이었다. 약간의 부끄러움도 나의 몫이었다. 누가 봐도 의사 가운은 나 한 명만 입고 있으니, 우리 반 아이들인 것은 분명히 티가 났다. 아이들 한 명 한 명 진료해 주기 위해 나도 운동장으로 나섰다.

체육대회 중간에 쉬는 시간이 있었다. 미리 구매해 둔 아이스크림을 꺼내 아이들에게 전달했다. 아이들의 환심을 사는 데는 역시 먹을 것이 최고다. 시원한 아이스크림을 먹고 기력을 회복한 아이들은 다시 종목 승부에 나서기 시작했다. 줄다리기를 하는 환자들, 판 뒤집기를 하는 환자들 모두 최선을 다했다. 나는 핸드폰을 들고 돌아다니며 우리 반 환자들의 사진을 부지런히 찍었다. 마치 회복 과정을 촬영하는 영락없는 의사의 모습이었다. 특히 단체줄넘기 하는 모습을 영상으로 촬영했는데 어찌나 즐거웠는지, 나의 포복절도하는 소리도 다 녹음되어 있었다. 체육대회에 열심히 임한 덕분에 우리 반은 전체 2등이라는 영광을 얻었다. 회장 환자가 대표로 무대 위에 올라가 소정의 학급비와 공기 정화 식물을 받았다.

　의사와 환자라는 콘셉트는 체육대회에서 끝나지 않았다. 단체복에 대한 만족도가 높았는지, 수학여행 때도 주섬주섬 챙겨와 무대에서 같이 춤을 추기도 했다. 환자복을 입고 운동에 노래, 춤까지 할 수 있는 건 다 했다. 학생들 덕분에 의사도 되어보는 한 해였다. 환자복 입은 아이들만 떠올리면 절로 웃음이 난다. 의사 선생님도 학교 선생님처럼 그들이 보호해야 할 존재로부터 힘을 얻기도 하는 게 아닐까, 싱거운 생각을 해 본다.

야간 자율학습

어둠이 내린 밤에 불 꺼진 복도를 걸었다. 역시 학교에서 맞는 밤은 늘 무섭다. 〈여고괴담〉 같은 학교를 배경으로 한 공포 영화 때문에 그런가, 초등학교 때부터 이어져 온 '학교의 밤 12시 전설'을 들어서 그런가…… 복도를 걷다 보면 누군가 튀어나올 것 같았다. 갑자기 과학실이나 미술실의 불이 켜진다거나 어디선가 이상한 소리가 나는 걸 상상하게 된다.

요즘엔 복도에 센서가 있어서 걸으면 자동으로 불이 켜지기도 하는데, 그렇지 않으면 전기 절약을 위해 스위치를 무조건 내려놓는다. 핸드폰 플래시에 의존하며 복도를 걷던 중 한 교실에서 빛이 새어 나오는 걸 발견했다. 이날은 공포체험이 아니라 야간 자율학습 감독을 하는 날이었다. 교실 앞에 서서 문 여는 소리가 최대한 들리지 않게 손가락에 힘을 주고 살살 열었다.

　야간 자율학습, 줄여서 '야자'라고 불리는 이 제도는 학생들이 방과 후에 남아 학교에서 자율학습을 하는 것이다. 예전에는 자율학습이라는 명칭이 무색하게 반강제로 교실에 남아 야자를 하는 학교가 많았다. 그런데 요즘에는 학생이 원할 경우에만 할 수 있다. 우리 학교는 학기 초에 희망 학생 신청을 받았다. 코로나 시기에는 아예 야간 자율학습을 하지 않았기 때문에 혹시 아무도 신청하지 않을 수도 있겠다고 생각했다. 하지만 아이들의 의욕은 활활 타올랐고, 학생 50여 명이 고정석 자리를 희망했다.

　야간 자율학습을 하고 싶은 학생이 한 명만 있어도 선생님 한 명 이상이 임장지도를 해야 한다. 이왕 학교에 남아서 일하는 거면 많은 학생이 야간 자율학습에 참가해 주는 게 나았다. 학년부에서는 야간 자율학습 감독을 도와줄 교사의 신청을 받았다. 신청한 선생님에게 순번을 부여해 감독하게 하는데, 학교에 계신 거의 모든 선생님이 지원해 준 덕분에 한 학기에 한두 번 정도만 감독하면 되었다.

　나도 고등학교 시절이 있었기 때문에 야자 감독을 한다는 것 자체가 처음엔 참 신기했다. 공부를 계속해야 하는 직업인지라 공부 양은 학생 때나 지금이나 비슷하지만, 과거와 다른 점이 있다면 소속감이다. 고등학생 때의 나는 미래가 불확실하다는 생각에 항상 걱정을 안고 힘겹게 공부했다. 공부는 쉬운 적이 없었지만, 기저에 두려움과 걱정이 덜한 지금은 비교적 그 행위 자체를 즐기는 편이다.

고등학생 때는 집에서도 공부해 보고 독서실에도 가 봤지만 영 집중이 되지 않았다. 그래서 선택한 것이 학교에 남아 야간 자율학습을 하는 것이었다. 나와 같은 상황에서 공부하는 친구들과 슬픔이나 기쁨을 나누며 공부하다 보면 평상시의 걱정이 조금은 줄어드는 듯했다. 하지만 야자를 할 때 야자 감독 선생님은 무서웠다. 평소에 워낙 잠이 많기도 하고 중간에 저녁을 먹고 나면 피로가 급격히 몰려와서 가끔 졸곤 했다. 이상하게도 내가 졸거나 쉴 때면 어김없이 감독 선생님과 눈이 마주쳤다. 선생님이 지나가실 때면 내 행동 하나하나가 신경 쓰이기도 했다. 부디 내가 매번 잠자는 학생은 아니라는 걸 알아주시길 바랐다.

야자 감독 선생님을 흘깃흘깃 쳐다보던 그 학생이 이젠 감독을 하기 위해 열람실에 있다. 열람실 한편에는 감독자를 위한 자리가 마련되어 있었고, 그 책상 위엔 야간 자율학습 희망 학생들의 이름이 적힌 출석부가 놓여 있었다. 출석부 표지 부분엔 야간 자율학습 시간표가 붙어 있었는데, 1교시 뒤 석식 시간, 2교시, 3교시 시간이 적혀 있었다. 중간중간 쉬는 시간도 있었다. 1교시가 시작되기 전 야간 자율학습 중 지켜야 할 수칙을 설명했고, 자리 배치도를 보고 열람실을 돌아다니며 출석 체크를 했다.

감독 자리에는 교사용 컴퓨터가 있었지만, 워낙 엄숙한 분위기여서 키보드나 마우스 소리를 낼 수 없었다. 결국 모니터 전원을 꺼둔 채 나도 아이들처럼 교과서를 펼쳤다. 감독하는 횟수가 늘어갈수록 내가 할 만한 걸 미리 챙겨 가는 기술이 늘었다. 교무실에서는 업무하느라 PC에서 눈을 떼지 못하는데, 전자파에서 완전히 벗어나는 시간이라 어쩌면 이 시간이 나에게 정말 귀했다.

학생 때나 지금이나 여전히 잠이 많아서 조용한 환경에 있자니 졸음이 오는 건 어쩔 수 없었다. 너무 졸리거나 지루할 때쯤 일어나서 아이들이 공부하는 뒤쪽으로 돌아다녔다. 몇 년간 근무했지만 열람실에는 모르는 학생이 대부분이었다. 그 가운데 수업에서 만나는 학생을 보면 그렇게 반가울 수가 없었다.

"(선생님 안녕하세요~)"

학생도 반가웠는지 활짝 웃으며 입 모양으로 인사했다. 나도 두 팔 벌려 무음으로 화답했다. 그러고 보니 고등학교 시절 야자 감독 선생님이 두려웠던 것은 수업에서 못 보던 선생님이었던 탓도 있었다. 내가 평소에 열심히 하는 학생이란 걸 도통 아실 리가 없으니 괜한 억울함이 있었던 것 같다. 나를 알아보고 인사하는 학생들의 신나는 얼굴이 좀 더 이해가 됐다. 내가 감독인 날은 조금 더 마음 편히 공부하길 바랐다.

석식 시간이 되었고 아이들은 교문 밖으로 나가 식당에 가거나 편의점에서 음식을 사 먹었다. 야간 자율학습을 하는 학생이 많지 않아 급식이 제공되지 않기에 각자 해결해야 했다. 나도 학교 근처 분식집에서 김밥 한 줄을 사서 교무실에서 먹었다. 혹시 밥 먹다가 학생이라도 마주치면 서로 민망할 수 있으니, 이럴 땐 포장해서 먹는 게 현명하다. 교무실에 앉아 '혼밥'을 하는 것도 소소한 힐링이었다. 한때는 이 교무실이 어색했는데 어느새 내 방만큼 편해졌다. 주어진 저녁 시간은 1시간이었다. 이 시간 동안 잘 쉬고 나머지 2, 3교시를 효과적으로 보내기 위해 짐을 챙겼다.

석식 후 야간 자율학습 2교시가 시작되었다. 밥을 먹은 아이들은 더 활기차 보였다. 하지만 그것도 잠시, 다들 눈꺼풀이 무거워졌다. 끝내 졸음을 참지 못하고 잠을 청하는 아이들도 보였다. 스탠드를 켠 상태로 엎드려 있는 걸 보니 안쓰러웠다. 열심히 공부하려고 피곤한데도 꿋꿋하게 자리를 지켰나 보다. 다가가서 '딸깍' 하고 스탠드 스위치를 껐다. 잠시라도 편히 잠을 청했으면 했다. 그리고 자리로 돌아와 가만히 넋을 놓고 앉아 있었다. 야채김밥으로 먹을걸, 괜히 참치김밥으로 먹어서 배가 너무 부르다는 생각을 하던 순간 졸던 학생과 눈이 딱 마주쳤다. 서로 아무렇지 않게 책상에 펼쳐진 책으로 시선을 옮겼다. 학생이 당황해할 것을 생각하니 과거의 내 모습이 떠올라 피식 웃음이 났다. 만약 내 모습이 방금 전의 학생 같았다면 과거에 감독 선생님 눈을 일부러 피할 필요는 없었겠다. 졸다 깬 모습도 이리 사랑스러울 수 있다니……

밤 9시가 지났고 야간 자율학습이 공식적으로 끝났다. 다들 시계를 보고 있었는지, 종료 시각 5분 전부터 짐 챙기는 소리가 부스럭부스럭 났다.

"선생님 안녕히 계세요."

"선생님 고생하셨습니다!"

아이들이 연달아 나가며 인사를 했다. 조종례 때 왜 한꺼번에 인사를 하는지 알겠다. 예의 바른 학생들이 한 명씩 인사를 하는 통에 그 인사에 답하느라 고개를 30번은 숙이고 손을 20번은 흔들었다. 힘들 텐데도 선생님한테 인사하는 고마운 학생들이었다. 아이들이 나가고 열람실을 마지막으로 둘러봤다. 창문이 열려 있으면 닫고 의자가 나와 있으면 다시 집어넣었다. 스탠드가 켜진 자리를 발견할 때면, 이렇게 마무리하느라 한 바퀴 돈 보람이 있었다. 좋아, 내가 잘 정리하고 있군.

열람실 불을 끄고 복도로 나왔다. 아까보다 더 어두워지고 밤공기가 스산하게 들어왔다. 혼자 교무실까지 갈 생각을 하니 살짝 오싹했지만 용기를 냈다. 그런데 학생 몇 명이 내 곁으로 다가왔다. 화장실에 다녀온 것 같았다.

"선생님, 같이 가요!"

무리 중 한 학생이 앞장서서 길을 안내했다. 나를 지켜주는 모양새가 제법 든든했다. 내가 교무실에 짐을 두고 올 때까지 기다려 줘서 같이 학교 밖으로 나왔다. 아이들은 눈을 비비며 피곤해했지만 야간 자율학습 시간을 꽉 채워 공부해서 뿌듯해했다. 하루를 알차게 보내어 기분이 좋은 모양이었다. 학생들과 같은 방향을 쳐다보며 나도 기지개를 쭉 폈다. 공기가 시원했다. 언젠가는 이 아이들도 교복을 벗고 학교를 벗어나는 날이 올 것이다. 학교 밖을 나와서 마주한 세상이 지금처럼 시원한 공기 같았으면. 혹시 그 세상이 너무 넓어서 막막해질 때가 온다면 이날의 인내심과 성취감이 삶을 버티게 하는 버팀목이 되었으면 좋겠다.

수능 날

2학기가 시작되면 마음속 한구석에 작은 부담이 생긴다. 이 부담은 9월, 10월이 되면 더 커지다가 11월이 되면 절정에 이른다. 바로 수능, 대학수학능력시험에 대한 부담이다. 어느 순간부터 수업에 들어가면 칠판에 디데이가 적혀 있는 걸 볼 수 있다. 수능이 며칠 남았는지 적어 둔 것인데, 아이들 덕분에 나는 간접적으로 줄어드는 날짜를 확인할 수 있다. 수능을 준비하는 학생들이 제일 고생이지만, 나도 이렇게 긴장하는 이유는 매년 그들의 시험 장소에 감독하러 가야 한다는 사실 때문이다.

반팔을 입기에 날이 추울 때쯤 수능 감독에 대한 공지가 올라온다. 선생님들의 나이나 연차에 따라 대선배 선생님과 막내 선생님은 감독을 가지 않기도 한다. 감독 명단에서 빠지면 여러 선생님들의 부러움을 산다. 안타깝게도 나는 교사가 된 첫해부터 감독을 해왔다. 수능 감독 장소를 공문으로 확인할 수 있는데, 굳이 공문을 보지 않아도 이미 결과를 알 수 있다. 교무실이 온통 수능 감독 이야기로 시끌시끌해지기 때문이다. 보통 한 시험장에 선생님이 서너 명씩 배정되는데, 그 학교는 급식이 어떤지부터 시험 대상 학생이 달라서 시험 시간이 늘어나진 않는지 등 온갖 정보로 왁자지껄하다.

수능 감독을 간 첫해는 아직도 잊을 수가 없다. 당시에는 교사 경력이 얼마 되지 않았기 때문에 감독을 안 갈 수도 있겠다 싶었는데, 감독관 명단에 떡하니 내 이름이 있었다. 동기 선생님들 중에 나보다 생일이 느린 선생님 몇 분은 감독관 배정을 받지 않은 걸 보니 내 나이가 딱 커트라인인 듯했다. 그래도 좋은 경험이다 생각하며 수능 장소를 검색했다. 그런데 다시 고구마를 먹은 듯 속이 답답해졌다. 수능장이 집에서도 한참 걸리는 곳이었다. 평소에 많은 대화를 나눠 보지 못한 선생님들과 함께 배정받아서 긴장되는 것은 덤이었다.

수능 전날에는 오전 수업만 하고 학생들을 귀가시켰다. 수능을 치를 고등학교 3학년 학생들은 예비 소집을 하러, 감독관 선생님들은 연수를 받으러 수능 시험장에 미리 방문해야 했기 때문이다. 어디에서 시험 감독을 하는지는 기밀 사항이어서 학생들과 시간차를 두어 출발했다.

선생님이 직업인데도 다른 학교에 가면 그렇게 낯설 수가 없다. 학교 곳곳에 붙어 있는 화살표를 따라 시청각실로 향했다. 이미 많은 선생님이 앉아 있었는데 모두 감독관으로 임명되어 한자리에 모인 것이었다. 시험 장소의 교무부장 선생님이 앞에 나와 연수를 시작했다. 수능을 준비하기 위해 얼마나 고생하셨을지 연수를 진행하는 것만 봐도 알 수 있었다. 연수가 진행되는 동안 그 시청각실의 공기는 비장하기까지 했다. 마치 전쟁터에 나가기 전 마지막 전략을 전수받는 것 같았다. 다른 선생님들은 이미 몇 번째 수능 감독일 텐데도 떨려 하셨다. 낯선 공간에 와서 연수를, 그것도 수능 감독관 연수를 받으며 앉아 있으려니 다리가 달달 떨렸다. 그나마 같은 학교에서 온 선생님 세 분이 있어서 정말 든든했다.

'그래, 나도 어딘가에선 교사로 근무하고 있지.'

소속이 있다는 것은 이렇게 중요했다. 연수는 예상보다 길게 PPT, 영상물, 프린트물 등 다양한 자료로 진행되었다. 연수가 다 끝나고 우리 학교 선생님들과 다음 날을 기약했다.

"아, 선생님. 절대 바스락거리는 옷은 입으면 안 돼요!"

한 선생님은 마지막까지 막내를 챙겨 주셨다. 집에 도착하자마자 최대한 소리가 나지 않는 부드러운 재질의 옷을 찾았다. 내일 아침에 아무 생각 없이 집을 나설 수 있도록 짐을 챙겨 두었다. 감독할 때 신을 털 실내화를 챙기면서는 나의 센스를 칭찬했다. 이 정도면 처음 감독하는 것 치고는 고수에 속하지 않을까. 짐을 다 준비했다 싶어서 오늘 연수 때 받은 유인물을 꺼냈다. '수능 감독 매뉴얼'이라는 연수 자료를 받아서 왔는데, 그 종이가 뚫어지지 않은 게 신기할 정도로 몇 번이고 읽었다. 궁금한 점은 따로 메모해서 붙여 두었다. 내일 학교에 가면 주변 선생님들께 여쭤볼 것이다.

수능 당일에는 방 안에 빛 한 줄기 안 들어오는데도 눈이 번쩍 떠졌다. 어젯밤 챙겨 놓은 부드러운 재질의 옷을 입었다. 평상시에도 이렇게 전날 챙겨 두면 늦을 일이 없겠지만 그러지 못하는 성격이다. 괜히 잘못 먹었다가 속이 안 좋을까 봐 빈속으로 출발했다. 밖에 나오니 새벽 공기가 쌀쌀했다. 몸이 으스스한 게 날이 추워서인지 빈속이어서인지 긴장해서인지 알 수 없었다. 학교가 지하철역 바로 앞에 있는 건 아니어서 역에서 내려 버스를 탈까 하다가 택시를 탔다. 기사님께 학교로 가달라 하니 왠지 평소보다 부드럽게 액셀을 밟으시는 것 같았다.

생각이 많고 학생만큼 긴장한 탓인지 택시 안에 울리는 라디오 소리가 신경 쓰였다. 평상시엔 기사님께 말도 잘 못 걸면서 너무나 자연스럽게 부탁을 드렸다.

"기사님, 죄송한데 라디오 소리를 조금만 줄여 주세요."

"어, 학생 미안해요."

기사님은 바로 미안하다며 라디오를 껐다. 편한 옷에 두꺼운 가방을 메고 있다 보니 학생으로 오해하신 듯했다. 굳이 선생님이라고 정정하면 더 민망해하실 것 같아서 "감사합니다" 하고 답했다.

새벽 5시 30분 정도에 지하철 첫차를 탔는데도 오전 7시 넘어서 시험장에 도착했다. 학교 앞에는 시험 보는 선배를 응원하려고 모인 학생들로 가득했다. 그 사이로 들어가야 한다고 생각하니 조금 민망했지만, 용기 내어 비집고 들어갔다. 큰 소리를 내어 응원하는 모습에 살짝 혼이 나갈 것 같았다. 그 순간 살짝 웃을 수 있어 좋았다. 응원이 중요한 이유를 알 것 같았다. 그때 한 학생이 내 손에 간식거리를 쥐여 줬다. 학교 선배는 아니었지만 표정이 잔뜩 굳은 다른 학교 선배도 챙기고 싶었나 보다. 괜찮다고 했지만 어찌나 꽉 쥐여 주던지, 그 긍정의 기운에 내가 수험생이라면 전체 1등급이라도 찍을 것 같았다.

교문에서 500미터쯤 걸었을까? 학생과 감독관이 양쪽으로 찢어져 들어갔다. 건물 입구부터 들어가는 곳을 달리한 모양이었다. 감독관 모드로 돌아가 시청각실 앞에 있는 연수 대장의 내 이름 옆에 서명을 했다. 수능 당일 아침에도 모여서 연수를 받았다. 1교시가 가까워지다 보니 긴장감이 더해졌다. 눈치 없게 배가 계속 고팠는데 학교에서 김밥을 준비해 준 덕분에 배를 채울 수 있었다. 배가 부르니 슬슬 졸음이 몰려왔다. 이렇게 중요한 날에도 배고프고 졸리고 춥고 다 하는 인간 본연의 모습이라니, 스스로도 못 말렸다.

길어져 버린 오전 연수에 조바심을 내다가 드디어 감독 대기실에 입성했다. 교실 두 개를 대기실로 만들었는데 뒤쪽 사물함 있는 곳에 차와 간식이 있었다. 감독관 선생님들을 위해 이것저것 신경 쓴 모양이었지만 감히 여유롭게 차를 마실 수는 없었다.

1교시 감독 발표 전 마음 준비할 시간도 없었다. 감독은 시험 시작하기 20~30분 전쯤 발표되는데, 그 전엔 시험 감독에 해당하는지도, 몇 반에 들어가는지도 전혀 알 수 없었다. 선생님들끼리 모여서 1교시에 들어갔을 때는 어떤 것을 주의해야 하는지 복기하고 있었다. 곧, 시간표로 보이는 종이 한 장을 들고 오는 선생님이 왔다 간 뒤 다시 선생님들은 분주해졌다.

생애 첫 수능 감독이고 교사 첫해이기도 한데 설마 1교시 감독에 내 이름이 있을까, 의심하며 멀리서 까치발로 흘끗 종이를 쳐다봤다. 그런데 정말 떡하니 내 이름이 있었고, 심지어 부감독도 아닌 정감독이었다.

얼른 실내화로 갈아 신고 주머니에 이름 석 자가 정자로 박힌 도장 하나를 넣은 채 시험 본부로 향했다. 나중에 안 사실인데, 고등학교 선생님이 보통 정감독을 한다고 했다. 평소 모의고사 감독을 한 경험이 있기 때문이란다. 영문을 몰랐던 병아리 수능 감독관은 덜덜 떨면서, 그렇지만 최대한 긴장하지 않은 척 당당하게 교실로 들어갔다. 1교시 감독은 신분 확인부터 전자기기 검사, 교탁 앞에 짐 두기 등 할 일이 많았다. 그리고 감독도 수험생도 첫 시간을 맞이하는 것이기 때문에 긴장감이 극에 달한 상황이었다. 교탁 위에 올려 둔 수능 운영 시나리오를 몇 번이고 쳐다봤다. 정적이 흐르는 가운데 째깍째깍 시계 소리만 들렸다. 학생들은 모두 날 쳐다보고 있었다. 그들에게 시험지를 배부하고는 말문을 열었다.

"모오두…… ㅅ, 소, 손을…… 아래로…… ㄴ, 내, 려주세요……."

이런, 너무 떨었다. 학생들은 앞에서 선생님이 바이브레이션을 잔뜩 넣어 노래라도 부르는 줄 알았을 것이다. 그래도 감독관을 처음 하는 것 치고는 1교시를 무사히 마쳤다. 1교시 중간에 시계를 가져오지 않은 것을 알았다. 시계가 칠판 위에 있어서 고개를 돌려 보면 되는데 그 행동이 혹시 민원에 걸릴까 아주 조심조심 본 기억이 난다.

2교시는 없겠지, 하고 대기했는데 2교시 명단에도 내가 있었다. 그래도 2교시 수학 시간은 좀 여유로웠다. 안내할 것은 이미 1교시에 다 했고 시험만 치르면 됐다. 다행히 학교 선생님 중 시계를 여유 있게 챙긴 분이 있어서 시계를 빌려 찼다. 시작종이 울리자마자 아이들은 시험지를 빠르게 넘겼다. 가만히 서 있기에 100분은 너무 길었고, 내 몸은 긴장이 풀려서 녹아내리고 있었다. 아침에 먹은 김밥 때문인지 속은 더부룩해서 배에서 이상한 소리가 자꾸 들리는 것 같았고, 무엇보다 실내화 오른발 안에 먼지가 들어갔는지 너무 간지러웠다. 먼지를 빼지 않고는 도저히 못 버티겠어서 서 있는 상태에서 오른발만 꺼내 보기로 했다. 다행히 소음 없이 발을 빼내는 데 성공했고, 오른발 아래에 붙어 있는 지푸라기를 떼어냈다. 수능이 진행되는 교실 한복판에서 지푸라기 떼는 모습이라니 웃음이 나왔다. 그런데 문제는 이때부터였다. 다시 발을 집어넣으려는데 쉽지 않았다. 몇 번 시도하다가 무리해서 발을 넣으면 소리가 너무 클 것 같았다. 결국 신발 신기를 포기한 오른쪽 발은 맨바닥에 내려둔 상태로 나머지 시간을 버텼다.

끝나지 않을 것 같던 첫 수능 감독이 끝났고, 현금이 담긴 흰 봉투를 받아 가방 안에 넣었다. 독특하게도 수능 날엔 계좌 이체가 아닌 현금으로 수당을 주었다. 이런 직관적인 일당이라니, 과거 부모님 세대가 월급봉투를 받는 기분을 간접적으로 느낄 수 있었다. 온종일 정자세로 서 있다 보니 허리에 무리가 온 것 같았지만, 일단 수능이 끝났다는 것만으로도 기뻤다. 수당은 그날 저녁에 맛있는 고기를 구워 먹느라 다 소진해 버렸다. 수능이 목요일에 치러지다 보니, 다음 날 학교에 출근한 선생님들의 눈가엔 다크서클이 내려앉았다. 모두들 새로운 에피소드를 풀어내느라 바쁜 모습이었다.

수능 감독을 하기 전보다 하고 난 후에 그에 대한 두려움이 더 커졌다. 아무래도 잘해야 본전이고, 조금만 삐끗해도 민원이 생기는 일이기에 더 그렇다. 또 하루 종일 추운 곳에서 긴장하며 서 있느라 몸이 아프기 쉬운 것도 문제다. 그래도 요즘에는 부감독 선생님과 자리를 맞바꾸며 잠시 앉을 수 있게끔은 해 줘서 다행이라고 해야 할까. 하지만 수능 감독을 하며 아이들의 힘듦을 같이 공유할 수 있다는 점에 의미를 두려고 노력한다.

수능 감독을 하면서 정말 많은 광경을 목격했다. 다음 시험이 있는데도 이전 시험을 잘 못 봤다 싶은지 복도 계단에 앉아 우는 학생, 시험 중 코피가 났는데도 휴지로 코를 막고 문제를 마저 풀던 학생, 집에서 가져온 도시락을 소중하게 먹는 학생, 그리고 시험장을 나서며 엄마에게 안기던 학생까지⋯⋯ 그 장면 하나하나가 생생하게 기억난다. 과거에 마주친 한 명 한 명에게 찾아가 안아 주고 싶은 마음이 굴뚝같다. 어른들은 수능이 전부가 아니라고 조언하지만, 당장은 전부인 것처럼 느낄 수밖에 없는 학생들이었다.

수능 날은 겨울이라 하기엔 애매한 시기인데도 참 쌀쌀하다. 아이들이 집에 돌아가 따뜻한 저녁밥 먹고 뜨끈하게 이불 덮고 푹 잤으면 좋겠다. 수능 일당과 맛있는 저녁을 쿨하게 맞교환하는 이 선생님처럼 수능도 별것 아닌 것처럼 생각하며 말이다.

정년 퇴임식

　며칠 전부터 학교 메신저로 정년 퇴임식에 대한 안내 메시지가 여러 통 왔다. 교장 선생님께서 8월부로 교직 생활을 마무리한다는 것이었다. 행사 규모는 생각보다 컸다. 전교생과 모든 선생님이 강당에 모여 진행할 예정이었다. 메시지를 볼 때마다 해당 일정만 메모해 두고 하던 일에 집중했다.

　식이 가까워 올 때쯤 온라인상으로 선생님들의 짧은 편지를 전할 수 있는 롤링페이퍼도 진행됐다. 교장 선생님은 회의할 때나 복도를 지날 때 정도만 뵈었기 때문에 개인적으로 떠올릴 만한 특별한 추억이 없었다. 그래서 다른 선생님들의 편지를 보며 '새로운 출발을 축하 드립니다' 정도의 멘트를 섞어서 적어 두었다. 교직에 들어온 지 오래되지 않아서인지 그냥 '퇴직'도 아닌 '정년퇴직'이라는 것은 크게 와닿지 않기도 했다.

'똑똑'

교무실 밖에서 누군가가 노크를 했다. 얼마 전에 교무실 문 앞에 가로로 붙여 둔 A4용지가 큰 효과를 발휘하는 순간이었다. 학생들이 교무실 문을 거침없이 여는 바람에 곤란한 적이 많아서 '노크 후 들어올 것!'이라고 약간은 투박하게 적어 붙여 놓았다.

"들어오세요~."

자리에 앉아 고개만 빼꼼 내민 채 말했다. 그런데 노크의 주인공은 다름 아닌 교장 선생님이었고 놀란 나는 의자에서 벌떡 일어났다. 우리 교무실이 1층에 있는 본교무실과는 동떨어져 있는 별실이다 보니 다른 선생님이 올 일이 별로 없었다. 그래서 교장 선생님의 방문은 더욱 낯선 일이었다. 교장 선생님은 교무실 한편에 있는 회의 테이블에 앉으셨다. 아무래도 잠시 들르신 건 아닌 것 같았다.

"교장 선생님, 차 한잔 드릴까요?"

"괜찮아요."

교장 선생님은 괜찮다고 하셨지만, 어색한 분위기에 뭐라도 잡고 있어야 할 것 같아서 냉장고에서 음료 두 개를 꺼냈다. 졸업생이 사 준 음료 세트가 아주 요긴했다. 교장 선생님의 맞은편에 앉아 토마토주스 병을 두 손으로 꽉 쥐었다. 교장 선생님께서는 교무실을 슥 보시더니 이내 그간 어려운 일은 없었느냐고 물으셨다. 혹시 본인에게 서운한 일이 있었다면 좋게 생각해 달라고도 하셨다. 그런 것 전혀 없었다고 했더니 입가에 엷은 미소가 맴돌았다.

계속해서 교장 선생님의 교직 인생 일대기 요약 버전을 듣다 보니, 동네 어른과 일상 이야기를 나누는 기분이었다. 교장 선생님은 비교적 수월하게 교사 생활을 한 것 같아 후배 교사들에게 미안한 감정이 든다고 하셨다. 정말 솔직한 심정을 털어놓으셨는데, 한참 나이 차이가 나는 내게 이런 말씀을 해 주시는 게 감사했다. 아마 교장 선생님은 퇴임식을 앞두고 학교의 이곳저곳을 둘러보고 싶으셨을 것이다. 그래도 그 마지막 활동 안에 내가 포함되었다는 것이 뜻깊은 일이었다.

교장 선생님이 나간 뒤 회의 테이블에 그대로 앉은 채 몇 분을 가만히 있었다. 교장 선생님과의 대화가 어느 정도 여운을 남겼다. 나의 학교 생활에 대해 사색하는 시간을 가졌다. 교사는 교장, 교감, 교사 이렇게 3단계로 직급체계가 나뉜다. 교장, 교감은 학교에 한 분씩 계시고 그분들을 제외하고는 다 같은 직급으로, 일반적으로는 교사로 시작해 교사로 퇴직한다. 직급이 동일하다 보니 나이와 관계없이 모두 '선생님'이라는 호칭으로 통하고, 서로를 그에 맞게 존중해 준다. 학교 안에선 모두가 인정받는 것, 이것이 교직의 매력이다.

하지만 그런 점이 마냥 좋지만은 않다. 물론 이건 내게만 해당하는 것일 수도 있다. 역동적으로 살며 성취감을 얻는 것이 삶의 원동력인 내게는 반복되는 일이 언제까지나 즐거울 수 있을지 알 수 없다. 1년 차든 30년 차든 같은 선생님이고, 모두가 1학기와 2학기를 거치고, 시간표에 따라 움직이고, 학생들을 지도해 졸업시키면 또 새로운 학생들이 입학한다. 지금의 학교 생활은 모든 게 새롭고 즐겁지만, 이 생활을 오랫동안 하더라도 같은 마음일 수 있을지 말이다. 결론을 내리지 못한 채 다시 업무를 하기 위해 자리에 앉았다.

퇴임식 당일이 되었다. 이 퇴임식은 나의 교직 생활 중 처음으로 경험하는 일이었고, 또 가장 큰 규모로 이루어지는 것이었다. 이후의 퇴임식은 교직원 간, 부서 내에서 등 소소하게 이루어졌다. 아마 코로나의 영향인지도 모르겠다. 어찌 됐든 내가 목격한 첫 퇴임식에 학교의 거의 모든 사람이 모였다. 교무부에서 전체적인 행사를 준비한 듯했고, 시설실 선생님들이 사람 수에 맞춰 의자를 배치했으며, 방송반 학생들이 전면에 대형 빔으로 화면을 송출했다. 각 반의 담임 선생님은 신난 학생들을 진정시키며 자리에 앉혔다. 학생들이 신날 만도 한 게 퇴임식 행사가 끝나면 종례 후 귀가하는 일정이었기 때문이다. 집에 갈 생각을 하면 더욱 흥분하는 아이들이었다. 부디 행사가 너무 소란스럽지 않게 무사히 끝나길 바라며 강당 뒤에 마련된 교사석에 앉았다.

교무부장 선생님의 사회에 따라 행사가 시작되었다. 국민의례를 한 후 교장 선생님을 소개했다. 교장 선생님은 가슴에 카네이션을 달고 무대 위에 앉아 계셨다. 여러 학교, 교육청 장학사, 장학관을 거쳐 지금의 학교로 오신 분이었다. 그동안 얼마나 많은 학생을 마주하고 교육의 변화를 느끼며 이 자리까지 오셨을까. 또 그 이력을 다시 보는 교장 선생님은 얼마나 감회가 새로우실까.

얼마 전 책장을 정리하다가 교생 실습 때 만난 학생 사진을 본 게 떠올랐다. 그리고 그 옆에는 3학년 담임 시절의 졸업앨범을 발견했다. 원래는 나의 졸업앨범만 있어야 할 곳에, 선생님이라는 이유로 많은 이들의 추억이 함께 숨쉬고 있었다. 내가 나이가 들면 그 많은 추억과 이야기를 다 포용할 수 있는 사람이 될 수 있을까.

이어서 밴드부로 보이는 학생 두 명이 무대 위에 올랐다. 왼쪽 친구는 마이크를 들었고, 오른쪽 친구는 기타를 들었다. 통기타 연주가 시작되었고, 김진호의 〈가족사진〉이 강당 전체에 울려 퍼졌다. 교장 선생님을 향한 축가였다. 지난날의 젊은 모습을 회상하고, 또 그것을 자양분 삼아 현재 당신의 길이 되었음을 응원하는 내용이었다. 기타 연주와 저음의 목소리가 강당을 뒤덮자 모두들 그 노래에 빠진 듯 고요해졌다. 전면에 보이는 가사가 어찌나 마음속에 와닿는지 눈물이 나오려는 걸 참느라 힘들었다. 무대 위에 계신 교장 선생님은 세상의 모든 것을 통달한 듯 여유로운 표정을 짓고 있었다. 도저히 그 감정을 헤아릴 수가 없었다.

축가가 끝난 후 교장 선생님이 소감을 말씀하셨고, 그 말씀이 끝남과 동시에 한 사람의 교직 생활은 마무리가 되었다. 교장 선생님은 학생들에게, 그리고 선생님들에게 뜨거운 박수를 받았다. 우리 아이들은 어떤 생각을 하며 정년 퇴임식을 지켜봤을지 궁금했다. 무슨 생각을 했든 간에 교장 선생님의 앞날을 축하하는 마음은 진심이었을 터다. 퍽 기특한 모습이었다.

식이 끝날 무렵, 교장 선생님의 가족으로 보이는 분들이 꽃다발을 들고 무대 위로 올라왔다. 교장 선생님은 선생님으로서 학생을 돌본 스승이기도 하지만, 가정을 이끄는 아버지이기도 했다. 꽃을 든 자녀들은 한바탕 눈물을 흘렸는지 눈가가

촉촉했다. 그 순간 아버지의 모습은 아버지에게도, 자녀들에게도 큰 선물이었을 것이다. 누군가에게 자랑스러운 아버지일 수 있다는 것은 얼마나 큰 기쁨일까.

학교는 학생의 성장만 아우르는 곳이 아니었다. 선생님의 성장도 담긴 곳이었다. 작년의 나는 올해의 나와 다르고, 아마 내년의 나는 또 달라져 있을 것이다. 학교와 학생을 바라보는 감정이 매해 다르다. 또 내 개인적인 일상에서의 큰 변화, 예를 들면 결혼과 출산, 육아와 같은 일이 겹치면 다시 한번 새로운 시야를 가질 것 같다. 다양한 연령대의 선생님들이 모두가 같은 직급인 덕분에, 학생들은 사회에 나가기 전 조그마한 사회를 겪어 볼 수 있는 것 같기도 하다.

누군가의 첫 학교에서 다른 누군가는 정년을 맞이하다니, 참 묘했다. 내가 정년이 되려면 강산이 몇 번 변하는 세월을 거쳐야 한다. 눈 깜짝할 새 시간이 흘러서 정년이 될까, 아니면 꿋꿋하게 버텨 내야 정년이 될까.

교사가 된 후 처음 연을 맺은 교장 선생님이라 아직까지도 기억에 많이 남는다. 내 기억에는 처음부터 끝까지 배려심 있는 신사의 이미지였다. 지금은 제2의 인생을 어떻게 꾸리고 계실지 모르겠다. 이제는 과거에 적었던 롤링페이퍼보다 더 많은 말을 할 수 있을 것 같은데, 그 말을 전할 길이 없다. 그저 이렇게 글로써 남겨 본다. 학교에 정년이 되는 그 순간까지 계시느라 고생 많으셨고, 앞으로도 행복하시길 바란다고 말이다.

작가가 되는 일

중간고사, 기말고사 문제를 푸는 학생일 때는 선생님이나 교수님이 부러웠다. 더 이상 시험을 치르지 않아도 되고 공부하지 않아도 된다고 생각했다. 하지만 교단에 서고 보니 이 세상엔 공부할 게 너무 많았다. 학교 시험만 치르지 않을 뿐 시험대에 오를 일은 학생일 때보다 더 많았다. 스스로에게 부족함을 느껴 공부가 절실하다는 생각도 자주 했다. 온전히 공부에 몰두할 수 있었던 과거가 그리울 정도로 말이다.

어느 날은 학교에서 수업을 하다가 말이 꼬이는 듯한 느낌이 들었다. 유난히 설명을 하면서 말을 버벅거렸다. 단어도 머릿속에서만 맴돌고 입 밖으로 꺼내는 데 어려움이 있었다. 아이들이 눈치챘을지 모르지만 스스로 굉장히 부끄러운 일이었다. 마침 세상의 화두가 아이들의 문해력에 쏠려 있었다. 과연 문해력이 부족한 것이 우리 학생들만의 문제일까, 하는 의문이 들었다. 아이들을 지도하는 선생님이라지만 나부터도 문해력에 문제가 있는 것 같아 덜컥 겁이 났다. 교사가 되었다는 안도감에 노력하지 않아 점점 바보가 되고 있는지도 몰랐다. 그날로 서점에 갔고, '다독왕'이 되기 위해 노력해 보자 결의를 다졌다. 내가 사용하는 어휘와 문장을 상황에 맞게 잘 구사하려면 다른 사람의 글과 말에 집중해야 한다는 생각에서였다.

중학교 때까지만 해도 책 읽는 것을 참 좋아했다. 교실에서도 인기 있는 책이 있으면 돌려 읽곤 했다. 그런데 어느 순간 내가 읽는 책이라면 죄다 전공서적밖에 없었다. 과제가 없으면 스스로 책을 읽는 경우가 드물었다. 책 읽기가 중요하다는 것은 당연히 알지만 마음처럼 잘되지 않았다. 서른이 되어서야 더 이상 중학교 때까지 읽은 독서 내공으로 남은 인생을 버티기 어렵겠다고 판단이 선 것이다.

역시 사람은 동기 부여가 중요했다. 서점으로 달려간 날 이후 1년에 책 20권은 읽어 보자 목표를 세웠다. 그런데 목표를 세운 지 두 달 만에 읽은 책이 10권을 넘겼다. 책 읽는 재미를 되찾은 것이다. 처음에는 책 선택부터 어려웠다. 한 권을 선택하면 그 책을 의무적으로 다 읽어야 한다는 강박이 존재했던 것 같다. 그런데 요즘에는 마음에 드는 책이 있으면 일단 구매하고, 한 권을 완독하지 않더라도 다른 책을 읽고, 또다시 읽고 싶은 마음이 생기면 원래 책으로 돌아오며 읽고 있다. 그러다 보니 한 권의 책을 완독하는 시간은 길어지지만, 한 권을 다 읽을 때쯤에는 다른 책도 같이 완독하게 되었다.

학교에서 학기에 한 번씩 사서 선생님의 메시지를 받는다. 학교 도서관에 비치할 도서를 추천해 달라는 내용이다. 과거에는 그냥 스쳐 보냈던 메시지였지만, 이제는 책 목록을 잔뜩 써서 제출하는 사람이 되었다. 책을 사 준다는 사람이 어찌나 멋있어 보이는지, 이상형도 바뀌는 요즘이다.

개인적으로 운영하는 블로그에 '오늘의 책'이라는 게시판을 만들었다. 그리고 인스타그램에는 통일된 태그를 달아 읽은 책을 기록하기 시작했다. 블로그와 인스타그램 피드에 책과 함께한 사진이 쌓일수록 뿌듯한 마음이 드는 것은 물론, 왠지 더책을 소개해야 할 것 같은 책임감도 생겼다. 바빠서 책을 못 읽는다고 생각했지만, 바쁘기 때문에 책을 읽어서 나만의 시간을 만드는 것이 중요하다는 게 요즘 생각이다. 책을 읽는 동안은 현실적인 스트레스에서 잠시 벗어나 진정한 나를 돌아볼 수 있으니까, 그 자체로 힐링이다. 그리고 신기하게도 책과 친해지니 말을 버벅거리는 일이 아예 없어졌다. 말을 할 때도 성급하지 않게 되고 좀 더 진중하게 생각하는 힘이 길러진 듯했다. 짧은 시간에 일어난 변화였다.

사실 독서보다 글쓰기가 더 즐겁다. 독서를 하다 보니 나의 생각을 직접 글로 옮겨 보고 싶다는 열망이 커졌다. 생일 선물로 받아 고이 보관만 해서 잉크가 다 굳을 것만 같던 만년필을 꺼냈다. 다행히 잉크가 굳지 않아 이면지에 영어 소문자 필기체만 잔뜩 써 보다가 조금 가격이 나가는 일제 노트를 구입했다. 어디서 본 건 많아서 나만의 필사가 담긴, 혹은 나의 생각이 담긴 노트 하나는 구비해 두어야 된다는 생각에서였다. 노트 앞에 'inspiration note'(영감 노트)라고 적어 두었다. 앞으로 떠오르는 모든 영감들은 다 이 노트에 적어 놓겠다는 다짐이었다.

워낙에 외향적인 성격인지라 글을 쓰는 것보다 말하는 것을 더 좋아하는 인생을 살아왔다. 어떻게든 말을 뱉으면 그럴 싸한 문장을 완성할 수 있었고, 다른 사람을 설득할 자신이 있었다. 그런데 어느 순간부터 신기하게도 말보단 글을 쓰는 매력에 푹 빠졌다. 나이가 들수록 뱉어 낸 말에 대한 책임감이 더 커져서 그럴 수도 있다. 유튜브 콘텐츠를 제작할 때도 기존에는 키워드 정도만 간단히 적은 후에 촬영을 했다면, 어느 순간부터는 완전한 글을 작성해 보려고 한다.

외향적인 성향인 내가 글쓰기에 흥미를 느끼게 되니, 내 글을 나만 보는 게 아니라 다른 사람들에게도 공개하고 싶다는 바람이 생겼다. 그간 블로그나 유튜브를 운영하긴 했지만 완전히 '글쓰기'에 초점을 맞춘 것은 아니었다. 어떤 플랫폼이 좋을까 고민하다가 '브런치 스토리'라는 곳을 알게 되었다. 이 플랫폼에서는 기존에 작성한 글을 심사해서 작가 승인을 받아야만 본인의 페이지를 만들 수 있는 구조였다. 누군가에게 글로 나를 선보여 합격해야 하는 것이 굉장히 떨리는 일이었지만, 진입장벽이 높기에 더욱더 입성하고 싶었다. 브런치 작가를 준비하며 독자의 입장을 고려해 글 쓰는 방법을 고심했고, 끝내 브런치 작가로 합격하여 글을 연재할 수 있었다. 브런치 스토리의 다른 글을 보면 굉장히 지식인들의 글처럼 느껴졌는데, 나도 그 대열에 함께할 수 있어서 영광이었다.

이 세상을 살아가려면 글쓰기 능력이 중요하다는 것을 알았다. 내가 글 쓰는 데 위화감이 없다는 것은 정말 축복받은 일이다. 글쓰기 능력의 필요성은 멀리서 찾을 필요도 없었다. 고등학교 3학년 담임을 맡았는데 우리 반 아이들이 글쓰기로 어려움을 겪는 걸 자주 목격했다. 학생들은 대학교 진학이

나 취업을 하기 위해 자기소개서를 작성해야 했는데, 몇 날 며칠을 끙끙거렸다. 머릿속으로 글을 쓰지 못하니까 면접 준비에도 애를 먹었다. 어쩌면 제일 어려울 수 있는 게 자기 자신을 글로 표현하는 일이었다. 그렇다 해도 제3자의 눈으로도 장점이 많은 이 아이들은 자신의 강점을 전혀 서술하지 못하고 있었다. 아이들의 자기소개서를 첨삭해 주는 일을 지속적으로 하다 보니 마음이 참 답답했다.

독서, 글쓰기, 자기소개서 첨삭의 경험이 불러온 또 하나의 거대 사건이 있었다. 바로 대학원에 진학하는 일이었다. 나는 대화 수업을 주로 활용하는데, 굉장히 쉬운 난이도라고 생각하고 제시한 논제 앞에서도 한마디 꺼내지 못하는 학생을 자주 볼 수 있었다. 독서나 글쓰기의 매력을 몰랐을 때는, 사람마다 성향이 다르니 '모두가 나처럼 말하는 걸 즐기지는 않는구나' 하고 지나쳤다. 하지만 나 같은 사람도 입을 다물고 무엇엔가 집중하는 일을 즐기게 되었는데, 나와 반대 성향인 학생들도 교육을 통해 약점을 보완해 줄 수 있지 않을까, 하는 생각이 들었다.

그길로 교육대학원, 그것도 국어교육과에 입학했다. 학부는 경영학 전공이었는데 국어교육이라니, 주임 교수님도 전공

성격이 많이 다를 텐데 적응할 수 있겠냐며 우려하실 정도였다. 어쩌면 단순하고도 용감한 선택이었다.

2년 반이 걸린 대학원 과정에서 국어의 세계로 빠지긴 했는데 겨우겨우 키판을 잡고 헤엄치는 격이라 버거웠다. 동기들 중 유일하게 현직 교사여서 잘하는 모습을 보여 주어야 한다는 책임감을 느끼기도 했다. 그래도 그 덕분에 진하게 공부할 수 있었고, 소중한 인연도 많이 맺을 수 있었다.

대학에서 경영학을 전공하며 교직 이수를 해서 '상업 정보' 교사 자격을 취득했다. 주로 상업경제, 회계, 금융, 무역, 인사 등의 분야를 지도하는 자격이었고, 임용시험도 '상업 정보 과목'으로 치렀다. 그런 내가 국어교육과 대학원에 진학하여 '국어' 교사 자격증을 취득하였고, 졸업 연구보고서는 '고3 학생 대상 자기소개서 지도'를 소재로 작성했다. 아예 다른 전공을 공부하느라 학업을 이어 가던 당시에는 전공 선택을 잘못한 것은 아닌가 회의감을 느끼기도 했다. 지금 돌이켜 보면 시야를 넓힐 수 있는 기회였다.

올해는 국어 과목은 아니지만 학생들이 책과 조금은 친해졌으면 해서 수업 시간 중 책 읽는 시간을 가지고 있다. 책을 읽고 서평을 쓰는 것이 수행평가라서 아이들도 열심히 참여해 준다. 아이들의 진로와 관련한 책을 여러 권 선정한 후, 직접 그 책을 골라서 읽도록 하고 있다. 만약 국어교육을 전공하지 않았다면 수업 시간 중 독서 수업을 할 수 있는 자신감이 생기긴 했을까? 같은 책을 선정한 친구들끼리 모여 앉아 책 내용으로 이야기하는 모습을 보고 있다 보면 모든 배움은 쓸모가 있다는 생각이 든다.

혹시 내가 어느 순간 독서와 글쓰기에 빠진 것도, 교육대학원에 진학하게 된 것도 다른 사람들에게 긍정적인 영향을 주라는 하늘의 뜻이 아니었을까. 이제는 작가로서, 교육자로서 많은 사람들에게 독서와 글쓰기의 힘을 알려야 할 때인 것 같다.

특별한 일 알리기

　좋은 일이든 나쁜 일이든 큰일이 생겼을 때 그 마음을 나누고 싶은 사람이 있다면, 그는 내 인생에 정말 소중한 사람일 것이다. 내게는 학생이 그렇다. 혹시 학생과 내가 서로에게 서운한 감정이 들고 갈등이 생기더라도 이미 배정된 교실을 바꿀 수 없다. 억지로라도 마주해야 한다. 그렇게 매주 정해진 시간에 한 공간에서 지지고 볶으며 지내다 보니, 미운 정이든 고운 정이든 정이 들 수밖에 없다. 수업 시간에도 시시콜콜한 대화를 좋아하는 선생님이다 보니 내 일상을 가장 빠르게 듣는 대상도 학생이다. 교과 내용만 나열할 때보다 일상 이야기를 자연스레 섞었을 때 학생들의 집중력이 더 올라가서 이런저런 이야기를 곁들인다.

　요즘은 사제 간의 정이 없다고들 말한다. 아이들과 하루를 보내며 크고 작은 사건으로 인해 피로감이 쌓일 때가 있는 것도 분명한 사실이다. 하지만 나는 아이들을 좋아한다. 인정하기 싫을 때도 있지만, 분명 나는 매년 짝사랑 중이다. 언젠가는 12월쯤 지하철을 타고 출근하다가 곧 다가올 학생과의 이별에 감정이 북받쳐 올라 눈물을 훔쳤던 적도 있었다. 그 눈물의 의미는 아쉬움보다는, 받은 만큼 주지 못한 미안함이었다.

　교탁 앞에만 서면 유난히 하고 싶은 말이 많다. TMI(too much information)를 가득 늘어놓는 선생님이지만 그걸 또 아이들은 신나게 듣는다. 가끔은 내가 선생님인데도 너무 가볍게 느껴질까 걱정도 된다. 수업이 끝나고 한참 뒤에 교실에서의 일을 떠올리며 아차 싶어서 얼굴이 붉어질 때도 있다. 그래도 선생님도 사람이라는 것, 이런저런 일로 희로애락을 느낀다는 것 정도는 들켜도 괜찮다고 생각한다.

　가벼운 행동거지는 조금 조심해야 할 필요가 있다. 가끔은 아이들과 떠드느라 내가 선생님인 걸 망각할 때가 있으니까. 급식 지도를 할 때 아이들이 질서를 지킬 수 있도록 옆에서 줄을 맞추다가도 아는 학생이 있으면 반가움을 숨기지 못한다. 적당한 선을 지키는 게 쉽지는 않지만, 아이들이 이런 선생님저런 선생님을 만나 보는 것도 좋은 경험이겠거니 생각하며 실컷 반가움을 표현한다. 시간이 흐를수록 아이들과의 나이 차이는 벌어지지만, 그래도 친구 같은 선생님이 되고 싶으니까.

이런 내가 아이들에게 말하고 싶은 걸 꾹 참고 기다렸다가 이야기한 적이 있다. 여름방학이 끝나고 조금 지나서였다. 내가 인생을 살면서 꼭 해 보고 싶은 일 중 하나는 엄마가 되는 것이었다. 여름방학 중 소중한 생명이 내게 온 사실을 알았다. 그토록 원한 일이었지만 출산과 동시에 학교 일을 잠시 멈춰야 한다는 것, 그리고 내년에도 학교에서 함께 지낼 줄 알았던 학생들과 잠시 이별해야 한다는 점이 마음에 걸렸다. 그래서 개학을 했는데도 쉽사리 아이들에게 임신 사실을 고백하기가 조심스러웠다.

그렇다고 아이들이 다른 사람을 통해 이 사실을 알게 하고 싶진 않았다. 외형적으로 배가 부르기 전에, 혹은 다른 선생님께 소식을 듣기 전에 내 입으로 직접 알리고 싶었다. 그러다 우연히 온라인상에서 임신 소식을 부모님께 선물처럼 갑작스레 알리는 영상을 발견했다. 우리 아이들에게도 이 소식을 선물처럼 알려 주면 좋은 기억으로 남을 것이고, 덜 아쉬워할 수 있을 것 같았다. 막상 가족들에게는 지극히 평범하게 소식을 알렸다는 건 반전일 수도 있겠다.

어느 날 수업 중간에 아이들에게 갑작스러운 제안을 했다.

"얘들아, 선생님이 지금부터 엄청난 이야기를 할 건데 너희만 알고 있어야 해."

"네!"

아이들 모두 눈을 반짝이며 나를 응시했다. 조금 더 긴장감을 돋우려고 추가로 한마디 했다.

"정말이야. 옆 반에도, 담임 선생님께도 말씀 드리면 안 돼."

다른 반에도 이야기를 할 거지만, 그 순간을 아이들과 나만의 특별한 순간으로 만들고 싶었다.

"얘들아, 선생님 몸 안에 두 개의 심장이 있어."

잠시 정적이 흐르더니 눈치 빠른 아이들부터 소리를 지르기 시작했다.

"우와 선생님!! 축하 드려요!!!"

학생들에게 축하 인사를 잔뜩 받았다. 반마다 보인 반응이 다른 게 정말 재미있었다. 어떤 아이는 "헉 선생님, 진짜 심장이 두 개라는 줄 알았어요"라며 내가 혹시 지병이 생긴 건 아닌지 진심으로 걱정했다고 했다. "선생님, 내년에 저희 담임 선생님 해 주시기로 했잖아요"라며 슬퍼하는 학생도 있었다. 물론 담임 선생님을 해 주겠다고 약속한 적도 없고, 반을 고를 권한도 없다. 하지만 유난히 나를 따르던 학생들은 내가 내년에 학교에 없을 거라는 사실이 못내 아쉬웠던 것이다. 이 와중에 아쉬워해 주는 학생들이 있다는 게 마냥 고마웠다. 아직 철이 덜 들었나 보다. 이 친구들은 1학년이었는데, 연말에 롤링페이퍼를 작성해 주었다. 제목에는 '3학년 때는 담임 선생님으로 만나요!'라고 적혀 있었다.

우리 반에서는 성별 맞히기 대회가 열렸다. 회장과 부회장이 칠판 앞으로 나와 분필을 들고 투표를 시작했다. 아들과 딸로 구분한 표를 그린 다음, 각각에 손든 학생의 이름을 적어 넣었다. 성별을 맞히지 못한 팀이 공연을 준비해서 선생님 태교 선물을 주기로 했다. 이런 생각은 어떻게 하는 건지, 톡톡 튀는 아이디어에 웃음이 났다. 내 뱃속의 아이를 더 축복해 주는 이들이 이렇게 많다니, 정말 감사한 일이었다.

임신한 상태로 출퇴근하느라 몸은 힘들었지만, 나의 몸을 돌봐 주는 많은 아이들이 있었기에 즐겁게 그 시기를 보냈다. 임신해서는 아이들과 태명을 부르며 임신부로서 겪는 일을 공유했고, 아기가 태어나고 나서는 아기 이름을 불러가며 육아의 고충을 나누며 살고 있다. 이 정도면 학생들과 함께 아이를 키운다고 해야 할까.

과거에는 학교에만 등교하면 원래의 나와는 또 다른 선생님인 내 모습이 불쑥 튀어나왔다. 이제는 거기에 더해 가끔 엄마 모드가 될 때가 있다. 큰 경험을 하니 내 안에 또 다른 자아가 생긴 것 같아 신기하다. 엄마 모드의 나는 세상을 바라보는 시야가 좀 달라졌다. 덕분에 학생 한 명 한 명의 인격체가 얼마나 소중한지 더 깊이 알게 되었다.

　학생들을 보며 내 아이와의 미래를, 그리고 학생들을 보며 그들의 과거를 연상하게 된다. 언젠가 내 아이가 학교에 다닐 때, 나 같은 선생님을 만났으면 좋겠다고 생각할 수 있도록 부끄럽지 않은 선생님이 되겠다고 다짐한다. 그리고 내 아이가 학생이 될 때쯤, 지금 내가 돌보는 학생들이 부끄럽지 않은 어른이 될 수 있도록 잘 지도하고자 한다. 나의 결혼, 출산, 육아를 응원해 준 학생들이 언젠가 나와 같은 경험을 하며 커 나갈 때, 또 그것을 내게 알릴 때 누구보다 기쁘게 그 소식에 응해 주기로 다짐해 본다.

겸임교수

태어나서 처음으로 휴직이란 걸 했다. 고등학교를 졸업하기도 전에 회사에 취직해 1년 동안 근무했고, 이후 대학에 들어가 신입생 오리엔테이션 바로 직전에 퇴사를 했으니, 회사에서 대학교로 거의 배턴 터치한 격이었다. 대학교 졸업과 동시에 교단에 섰고, 대학교 졸업식 날엔 친구들과 자장면 먹을 틈도 없이 신규 발령이 난 학교에 곧바로 인사를 하러 뛰어갔다.

이런 내게 '일을 쉰다'는 것은 엄청난 일이었다. 직장에서 정해 놓은 휴가나 방학 기간이 아니면 잠시 멈추는 방법조차 몰랐다. 그런 내가 학교에 휴직계를 제출했다. 육아휴직이었기 때문에, 말 그대로 육아를 하기 위해 직장 일만 휴식하는 휴직이었지만 3월이 되어도 학교에 가지 않는 것이 참 새로운 경험이었다.

육아휴직 전에 스스로 다짐한 바가 있었다. 휴직 기간 동안 '진정한 취미를 찾기', 또 '잘 쉴 줄 아는 사람이 되기'였다. 수많은 학생을 마주하며 그들이 무엇을 좋아하는지를 묻고 상담했지만, 막상 나 자신에 대해선 잘 모르고 있다는 사실을 깨달았다. 육아를 하느라 바쁘겠지만 그래도 아기가 자는 시간에 혼자만의 시간을 보내며 사색을 즐겨 보기로 했다.

하지만 안타깝게도 아기를 낳자마자 몸은 내 마음대로 움직여지지 않았고, 바깥바람을 쐬려고 해도 코로나19가 만연한 상황이라 그마저 쉽지 않았다. 아마도 이때가 내 인생에서 가장 우울했던 시기라 해도 틀린 말은 아닐 것이다. 예쁜 아가가 내 앞에 있는데도 겨우 억지웃음 정도 보이는 엄마라니, 그토록 원하던 아가였는데 미안한 마음뿐이었다.

아가를 가만히 보고 있다가 마음먹고 아기띠를 맸다. 집 근처에 산책을 나가기로 했다. 근처 산책로에는 장미꽃이 예쁘게 피어 있었다. 꽃에 대해서 잘 모르지만, 장미가 5월에 피는 건 알았다. 날이 좋고 기분이 좋다 하면 여기저기 장미가 피어 있었다. '매년 설레던 5월인데도 마음이 풀리지 않는구나' 생각하며 다시 터벅터벅 집으로 돌아왔다.

아기를 폭신한 곳에 눕히고 핸드폰을 열어 보니 모르는 번호로 부재중 전화가 와 있었다. 메시지도 와 있었는데, 발신자를 보고 놀라지 않을 수 없었다. 전년도에 모교에서 특강 요청이 와서 기쁜 마음으로 진행한 적이 있는데 그곳에서 인사 나눈 교수님이었다. 메시지 보면 연락을 달라는 말에 고민할 새도 없이 당장 통화 버튼을 눌렀다. 통화음이 가는 동안 목을 가다듬었다. 마음의 준비도 없이 곧장 통화를 시도하는 건 세상일에 통 흥미가 없던 그 즈음의 나와 사뭇 다른 모습이었다.

교수님은 바로 전화를 받았고, 내게 흥미로운 제안을 하셨다.

"혹시 대학에서 강의해 볼 생각이 있으신가요?"

그 순간 심장이 터질 것처럼 뛰었다. 바로 "네!" 하고 답했다. 육아를 어떻게 할지, 가족들과 일정은 어떻게 맞출지는 고민도 하지 않았다. 교수님 말씀으로는 2학기 때 어떤 과목의 지도교수 자리가 있는데 혹시 희망하면 지원해 보라는 것이었다. 어쩌다 하루 2시간 특강이었는데도 날 기억하고 있다는 게 일단 신기했다. 모든 기회에 최선을 다하면 이런 일도 있구나 생각했다.

예전에 학교 업무를 하다가 가끔씩 대학교에 출강 가는 선생님을 본 적이 있었다. 본인의 전공에 대해 얼마나 전문성이 있으면 대학교에서도 강의를 할까 생각했다. 나도 언젠가 그런 사람이 되고 싶어 그들을 동경하며 바라봤었다. 그런데 생각보다 빨리 내게도 그런 기회가 온 것이었다. 당장 확정된 것도 아니지만, 이미 마음은 대학교 캠퍼스를 거닐고 있었다.

그간의 우울감은 순식간에 씻겨 내려갔다. 결국 나답게 쉬는 일은, 하고 싶은 일을 하는 데 있었다. 한동안 인기 있었던 '워라밸', '욜로' 등의 단어는 어쩌면 내가 지향하는 삶의 가치는 아니었을지도 몰랐다. 나는 공부하고, 공부한 것을 누군가에게 풀어내는 것을 좋아하는 사람이었다. 그 자체가 취미가 될 수 있고 쉼이 될 수 있다는 것을 깨달았다.

돌다리도 두드리고 건너야 하기에 학교에 연락을 먼저 취해 봤다. 휴직 중이기도 하고 주기적으로 출강하는 교수직은 겸직이다 보니 혹시 불가능할지도 모를 일이었다. 교무부장 선생님과 수차례 연락하며 정규 일과 중이 아닌 저녁 시간대 강의라 괜찮다는 최종 답변을 들었다. 업무도 많을 텐데 호의적으로 대해 주셔서 참 감사했다. 이 세상엔 멋있는 어른이 많았고, 나도 그런 어른이 되는 과정이다 생각하며 너무 들뜨지 않기로 했다.

두 달 후에 대학교 홈페이지에 겸임교수 모집 공고가 올라왔다. 내 전공에 해당하는 과목을 선택했고, 각 항목에 내 정보를 입력해 넣었다. 내 이름 세 글자를 이렇게 많이 적어 본 지도 오랜만이었다. 내가 진정한 내 모습으로 있을 수 있다는 것, 새로운 기관에서 내 역량을 펼칠 수 있는 기회가 있다는 것이 너무 기뻤다.

겸임교수로 최종 확정이 되었고, 9월부터는 대학생들과 만났다. 너무 오랜만에 화장을 해서 유통기한이 거의 끝나가는 화장품을 집어 들었다. 화장을 해 보니 제법 작년의 내 모습과 비슷했다. 긴 시간도 아니었는데 임신과 출산은 이렇게나 힘든 일이었다. 대학교 개강일은 신규 교사로서 처음 교실에 들어갔던 날보다 더 떨렸다. 대상이 고등학생이 아니고 대학생인 것도 있고, 교수는 뭔가 엄청난 지식인이어야 한다는 느낌 때문이었다. 그렇게 교실이 아닌 강의실에 들어가 선생님이 아니라 교수로서 나를 소개하고 수업이 아닌 강의를 시작했다.

처음에는 엄청난 긴장감과 불안을 가지고 임했다. 물론 아무도 모르게 나만 느끼는 떨림이었다. 사범대학에서 교직 이수를 하는 3, 4학년 학생을 대상으로 한 강의였는데, 이미 너무 똑똑하고 훌륭한 학생들에게 내가 어떤 걸 알려 줄 수 있을지 걱정이었다. 그런데 강의가 누적될수록 학교 현장과 맞닿아 있는 내 입장에서 들려줄 이야기가 많다는 걸 알았다. 내가 지금 껏 배우고 공부했던 전공 지식에 나의 경험을 더하니 제법 그 럴듯한 강의를 할 수 있었다. 내게도 연륜이라는 게 점점 생기 는 것인지, 나도 모르게 이야기가 술술 나왔다. 매 순간 열정을 다했다. 어느새 나도 과거에 동경했던 선생님들처럼 대학에서 강의할 수 있는 전문성을 갖춘 사람이 되어 있었다.

　매주 목요일은 교수 모드로 변신하는 날이었다. 그날이면 젊은 시절 나의 희로애락이 담긴 대학교에 가서 강의를 했다. 대학 주변 몇몇 음식점이 바뀌었을 뿐 학교는 여전한 모습이었 다. 이곳은 내가 과거에 대학 진학을 결심하고 입학 면접을 보 기 위해 첫발을 들였던 곳이었고, 선생님을 하겠다고 도서관 에 매일같이 틀어박혀 임용시험을 공부했던 곳이었다. 그런 장 소에서 교수가 되어 강의를 하다니, 벅찬 마음을 감출 수 없었 다. 강의 시간에 학생들의 반짝이는 눈을 마주하면 그날은 육 아로 인한 피로도 싹 가시는 듯했다. 등굣길과 하굣길에는 매 번 풍경 사진을 찍느라 정신없었다. 아기 사진으로 가득 차 있 던 내 핸드폰 사진첩에 대학교 사진이 그 틈을 파고들었다.

에필로그

N잡, 겸직에 대한 생각

가끔 멈춰 서서 내 인생을 돌이켜 보면 '애초에 여기까지 오려고 많은 경험을 했나?' 하는 생각이 들 때가 있다. 내가 무심코 쌓아 온 이력을 한데 모아 보니 나의 소중한 커리어가 되었다. 스무 살부터 사회생활을 하느라 눈물 콧물 다 쏟았지만, 학교 선생님이 되어 학생을 지도하는 데 아주 소중한 경험이 되었다. 중학교 때 방송반을 하며 영상 편집을 했던 경험은 훗날 유튜브 채널을 운영하는 데 큰 도움이 되었다. 그래서 혹시라도 눈물 날 정도로 슬픈 일이 있거나, 숨이 턱까지 차오를 정도로 힘든 일이 있을 때는 '이 모든 것이 나중에 다 소중한 결과로 돌아올 것'이라 믿으며 인내하는 습관이 생겼다.

사실은 알고 있다. 수많은 실패를 겪었지만, 도전하는 일이 그것보다 더 많아서 그중 몇 가지가 내 커리어로 이어졌다는 것을 말이다. 내 실력이 뛰어나거나 운이 탁월하게 좋은 건 아니었다. 그저 내게 다가오는 기회를 절대 놓치지 않으려 애썼고 최선을 다해 삶을 살아왔다고 자부한다. '하늘은 스스로 돕는 자를 돕는다'는 말처럼, 어쩌면 그간 살아낸 나의 노력이 가상하여 눈앞에 새로운 기회가 생긴 것은 아닐까? 하늘이 나를 돕고 있다면 운이 좋은 사람이 맞을 수도 있겠다.

학생들과 교실에 있으면 교과 진도만 나가는 것이 아니라 여러 이야기를 함께한다. 날씨 이야기, 급식 이야기, 등굣길 이야기 등 소소한 이야기부터 나의 개인적인 이야기까지, 이 모든 이야기는 아이들의 진로 교육에 보탬이 되리라는 믿음이 있다.

이상하게도 연차가 늘수록 '내가 어떤 마음으로 살아가고 있는지'에 대한 이야기를 많이 늘어놓게 된다. 내가 만나는 학생들의 나이는 매년 같은데, 자꾸만 삶의 요령을 알려 주고자 하는 걸 보니 나만 나이가 들고 있다는 사실을 간과하고 있는지도 모른다.

자주 하는 이야기 중 하나는 '나도 교실에 앉아 있는 너희와 다를 바 없는 사람'이라는 것이다. 교단 앞에 서 있다고 해서 특출한 사람으로 볼 수도 있지만 그게 아니라고 말하면, 아이들은 별로 공감되지 않는다는 표정을 짓는다. 그러면 칠판에 대고 나의 인생 일대기를 그래프로 그려 준다. 중학교 시절에 왜 고졸 취업의 길을 택하게 되었는지, 대학교는 어떻게 진학했는지, 선생님이 될 줄 몰랐던 한 고등학생이 어떻게 이 자리에 오게 되었는지를 설명한다.

그 설명까지 하면 학생들은 앞에 서 있는 선생님과 본인의 공통점을 찾아내기 시작한다. 지금 공부하는 교과서 내용을 내가 태어났을 때부터 다 알고 있던 게 아니라는 것, 지금도 모르는 것이 많지만 여러 경험을 풍부하게 했기 때문에 너희들보다 더 빨리 배울 수 있고 학습할 수 있는 능력이 있을 뿐이라고 말한다. 다만 여기까지 오면서 중간중간에 다가오는 기회를 잡으려 했고, 한 자리에 안주하지 않기 위해 노력하며 살아왔다고 덧붙인다.

열아홉 살 때 대기업에 합격한 순간, 이제는 행복한 어른으로 살 수 있겠구나 생각했다. 하지만 스무 살에 마주한 현실은 생각보다 더 험난했다. 그렇다면 대학을 졸업해 새로운 직업을 얻는다면 괜찮아지지 않을까 은연중에 생각했다. 그로부터 몇 년 후 중등임용시험에 최종 합격을 해서 교사가 되었다. 무려 정년이 보장된 공무원이 되었다. 당연히 이제 진로 고민은 하지 않겠구나 했다. 그런데 교직에 들어온 지 10년이 다 되어 가는 지금은 대학 진학을 준비하던 스무 살 때보다 더 치열하게, 하지만 즐겁게 진로를 고민하는 중이다. 선생님으로서 학교 안에서 얻는 것들도 가치 있지만, 학교 밖에서 온오프라인을 막론하고 할 수 있는 일들이 너무 많고 또 재미있어서다.

학창 시절에는 '평생 직장이 최고'라는 말을 계속 들어왔다. 그런데 사회에서 가장 활발하게 움직일 시기가 되니 갑작스럽게 N잡의 시대를 맞이했다. 사람들은 주된 직업을 가지고 있는지 여부와 관계없이 다양한 수입원을 가지려고 한다. 교사는 원칙적으로 겸직이 금지되어 있어서 N잡이라는 단어와는 거리가 멀다고 생각할 수 있다. 하지만 트렌드를 이끌어 가는 청소년들이 잔뜩 모여 있는 학교가 근무처인데, 선생님이라고 변화의 바람을 비켜 갈 수 없었다.

전국의 선생님들은 자신의 역량을 숨기지 않고 발휘하기 시작했다. 원래도 책을 여러 권 출판하며 작가를 겸하거나 외부 강의를 지속적으로 나가 교수직을 겸하는 선생님은 가끔 볼 수 있었다. 그런데 요즘은 선생님의 온라인 활동이 증가하면서 유튜브를 하는 선생님, 이모티콘을 제작하는 선생님, 음원을 발매하는 선생님 등 겸직의 범위가 다양해졌다.

원래부터 이것저것 도전하는 재미로 살던 내게 세상의 변화는 참 고마운 일이었다. 교육부에서 발송한 '인터넷 개인 미디어 활동 안내 공문'이 오던 날, 교육계도 선생님의 여러 활동을 지원할 것이라는 확신을 가지고 채널을 개설했다. 아직도 수줍게 교장실 문을 두드리던 그날이 생생하다.

"교장 선생님, 저 사실 유튜브해요."

겸직 허가를 받기 위해 유튜브를 운영한다고 공개한 날이었다. 어찌나 긴장했는지 교장 선생님을 뵙기 전부터 그의 반응에 따라 여러 시나리오를 상상했다. 다행히 교장 선생님은 긍정적으로 받아들였고, 학교 홍보에 도움이 될 것 같다며 좋아하시기까지 했다. 무난하게 겸직 허가를 받을 수 있었으나, 오롯이 내가 하고 싶은 것을 허가받았으니 앞으로 행정 업무를 더 열심히 해야 할 것 같은 무언의 압박을 느꼈다.

겸직 허가를 받는 과정은 조금 복잡했다. '겸직 허가 신청서'를 작성해서 학교장 승인을 받는 것도 어려웠는데, 나의 겸직 신청 사유 때문에 여러 선생님이 모여 겸직 심사위원회를 열어야 했다. 학기 중에 교육청에 그간의 수입과 세금 신고 내역을 보고하는 과정도 있었다.

지금까지 두 곳의 학교에서 근무했지만, 유튜브 운영을 위해 겸직 허가를 받은 선생님은 나밖에 없었다. 겸직 사례가 다양해졌다고는 하나 모든 학교에서 흔한 일은 아니었다. 학교에서 나는 '유튜브를 하는', '구독자가 몇 명인'이라는 수식어가 따라다니는 선생님이 되었다. 책을 출판하고 외부 강의를 하는 일은 선생님스럽지만, 유튜브 채널을 운영하는 것은 아무래도 선생님이 하기엔 좀 독특해 보였나 보다.

언젠가부터 동료 선생님이나 학생들이 나의 유튜브를 언급하며 반가워하는 일이 잦아졌다. 하지만 내가 유튜브를 한다는 것 자체가 누군가에겐 불편할 수 있다는 것을 항상 생각하며 긴장감을 늦추지 않는다. 평범함을 벗어나는 일을 하는 것은 의도와 다르게 적을 만드는 일이라는 걸 알고 있다. 학교 안에서 나의 유튜브 활동을 비난하는 사람은 거의 없었지만, 혹시 내가 사소한 실수라도 하면 유튜브 하느라 학교 일을 소홀히 했다는 소리를 들을까 봐 조심스러웠다.

유난히 조심스럽게 생활하는 데는 과거에 겪은 일도 한몫했다. 유튜브를 하는 선생님을 소재로 한 기사가 네이버 메인에 올라왔을 때 사람들의 시선이 긍정적이지만은 않았다. 기사를 작성한 기자가 하필 내 유튜브 채널을 캡처해서 참고 사진으로 활용했는데, 그걸 보고는 몇몇 사람이 수고스럽게도 내 채널에 직접 방문해 악플을 남겼다. 그날은 온종일 악플을 마주하느라 적잖이 스트레스를 받았다.

일면식도 없는 사람들에게 악플까지 받아 가며 유튜브를 운영해야 하는지에 대해 생각을 안 해 본 것은 아니었다. 스스로 내린 결론은 '크리에이터로 살며 얻는 기쁨이 더 크다'는 것이었다. 유튜브, 블로그 등 SNS를 운영하다 보니 그 채널이 나를 소개하는 창구가 되었고, 강연이나 인터뷰 등 다양한 기회로 연결되었다. 학교 밖에 나가 각계각층에 있는 사람들을 만나서 내 이야기를 할 수 있다는 것이 정말 즐거웠다. 교내에서도 학생들에게 더 멋진 사람이 되는 것 같았고, 학교 밖의 많은 학생과 내 삶을 공유할 수 있는 것도 참 귀하다는 걸 많이 느꼈다. 많은 금액은 아니지만 소소하게 얻는 수입 자체도 능력을 인정받는 것 같아 기분 좋았다.

교사로 사는 것도 좋지만 인플루언서인 교사로 살 수 있어서 더 행복하다. 어쩌면 나는 한 분야에만 몰두하기 힘든 사람, 가만히 있지 못하는 사람일 수도 있다. 그런데 요즘 세상은 여러 가지를 적당히 잘해도 멋있는 사람으로 인정해 주니 시대를 잘 타고나서 천만다행이다.

청소년을 대상으로 장래희망을 설문하면 상위권을 다투는 직업이 유튜버와 교사다. 유튜브는 플랫폼 중 하나일 뿐이니, 아마도 유튜버란 것은 크리에이터를 말하는 것 같다. 어떻게 보면 나는 학생들이 희망하는 직업을 두 개나 가진 사람이다. 학생들이 좋아하는 분야에 선생님이 직접 뛰어들었다는 사실만으로도 사제 관계의 거리감을 좁히는 데 큰 도움이 되었다. 내가 유튜브를 운영하는 것을 가장 지지해 주는 사람도 학생들이다.

코로나19 상황으로 개학이 늦어지고 모든 선생님이 비대면으로 온라인 수업을 해야 했을 때 나는 유튜브 채널을 운영해 본 덕분인지 전혀 두렵지 않았다. 오히려 다양한 매체를 활용하며 여러 시도를 할 수 있어 좋았다. 주변 선생님들은 미디어 수업을 하다가 궁금한 점이 생기면 나를 찾아왔고, 나는 그간의 경험을 바탕으로 도움을 줄 수 있었다. 혹시 온라인 수업을 하게 될 일이 많아질 걸 예상하고 유튜브 채널을 개설하게 된 것일까, 다시 한번 과거 나의 선택에 감사함을 느꼈다.

코로나19 상황에서는 내가 누군가에게 보탬이 되는 N잡러 선생님이었지만, 또 다른 상황에 직면하면 다른 N잡러 선생님이 도움을 주실 것이다. 선생님들마다 전공한 과목이 다르듯, 선생님마다 좋아하는 것과 잘하는 것도 다 다르다. 다양한 N잡을 가진 선생님들이 각자의 자리에서 교육계에 분명 긍정적인 역할을 하리라 믿는다.

아직 교사가 여러 활동을 같이하는 것에 대해 우려의 시선이 있는 것은 사실이다. 선생님이 가진 사회적 이미지가 있고 영향력이 있으니 더더욱 그럴 것이다. 온라인 활동에 나서는 선생님은 당연히 그 부분을 인지해야 한다. 그래도 그림을 잘 그리는 선생님, 운동을 좋아하는 선생님을 보면 이견 없이 납득하듯이, 유튜브 하는 선생님을 그저 인터넷 미디어 활동에 역량이 있는 선생님으로 봐주는 날이 얼른 오길 바란다.

나는 하고픈 게 많은 교사입니다

초판 1쇄 인쇄 2023년 10월 20일
초판 1쇄 발행 2023년 10월 30일

지은이 유경옥
펴낸이 이범상
펴낸곳 (주)비전비엔피·애플북스

기획 편집 차재호 정락정 김승희 박성아 신은정
디자인 최원영 허정수
마케팅 이성호 이병준
전자책 김성화 김희정 안상희
관리 이다정

주소 우)04034 서울특별시 마포구 잔다리로7길 12 1F
전화 02)338-2411 | **팩스** 02)338-2413
홈페이지 www.visionbp.co.kr
이메일 visioncorea@naver.com
원고투고 editor@visionbp.co.kr
인스타그램 www.instagram.com/visionbnp
포스트 post.naver.com/visioncorea

등록번호 제313-2007-000012호

ISBN 979-11-92641-19-5 03810